Thalita Rebouças

Era uma vez minha primeira vez

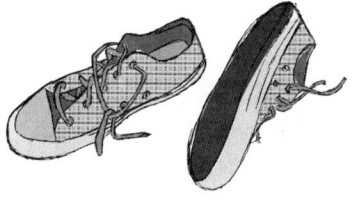

ROCCO
JOVENS LEITORES

Copyright © 2011, by Thalita Rebouças

Direitos desta edição reservados à
EDITORA ROCCO LTDA.
Av. Presidente Wilson, 231 – 8º andar
20030-021 – Rio de Janeiro, RJ
Tel.: (21) 3525-2000 – Fax: (21) 3525-2001
rocco@rocco.com.br
www.rocco.com.br

Printed in Brazil/Impresso no Brasil

Coordenação editorial
Ana Martins Bergin

Preparação de originais
Iris Figueiredo

Capa
Tita Nigrí

Foto da autora
Carlos Luz

Projeto gráfico
Ana Paula Daudt Brandão

CIP-BRASIL. CATALOGAÇÃO NA FONTE
SINDICATO NACIONAL DOS EDITORES DE LIVROS, RJ

R242e Rebouças, Thalita, 1974-
Era uma vez minha primeira vez / Thalita Rebouças. – Primeira edição –
Rio de Janeiro: Rocco Jovens Leitores, 2011.
ISBN 978-85-7980-071-9
1. Adolescentes – Comportamento sexual – Literatura infantojuvenil.
2. Literatura infantojuvenil brasileira. I. Título.
11-1587.   CDD: 028.5   CDU: 087.5

O texto deste livro obedece às normas do
Acordo Ortográfico da Língua Portuguesa.

Impressão: Gráfica JPA

Sumário

O encontro
7

Teresa
13

Clara
55

Tuca
79

Fernanda
103

Patty
129

Joana
147

O encontro

— Lembram como eu era boba? — começou Patty, entre um e outro cachorro-quente.
— Você *é* boba! — brincou Tuca.

O encontro das amigas, que se conheciam desde pequenas, não se deu num bar ou na casa de uma delas, como era o costume. A reunião feminina aconteceu numa festa infantil. Sim, numa festa infantil.

— Só mesmo a Joana pra me fazer sair de casa pra vir numa festa de criança — disse Teresa.

— Tô nem aí que é chato. Se eu aturo a chatice, vocês têm que aturar comigo também! Amiga é pra essas coisas — disse Joana, orgulho puro com sua Bela comemorando o primeiro aninho de vida.

— Quem diria... Joana, a mais nova do grupo... foi a primeira a se empolgar pra ter filhos... — comentou Clara.

— Será que ela vai ser a única a casar, ter filhos e família? Será que todas nós vamos ficar encalhadas? —

exagerou Patty. — Lembra quando a gente era mais nova e transformava em problemão qualquer probleminha?
— A Nanda era mestra nisso! — foi sincera Joana.
— Achava a sua mancha a coisa mais asquerosa e enorme do mundo... — lembrou Tuca.
— Nossa, eu nem usava biquíni, lembra?
— Se lembro... Você morria de medo de levar um pé na bunda dos caras depois que eles vissem sua mancha, era tão preocupada com isso...
— E hoje ela não me preocupa nadinha. Até gosto dela... — disse Nanda. — Mas eu não era a única problemática do grupo, não, tá?
— Claro que não! Lembra que a Tuca morria de medo de camisinha? — riu Teresa.
— Morria! — confirmou a magrela do grupo. — Mas morria mesmo de medo de engravidar antes da hora.
— Eu era a mais bem resolvida — afirmou Clara.
Todas caíram na gargalhada.
— Você? Imagina, se atrapalhou toda na sua primeira vez... Afoita que só... — comentou Joana.
— E eu? Que tinha nojo de tudo? — lembrou Patty.
— Será que a primeira vez continua sendo, para as meninas, uma coisa especial, um assunto muito pensado? — questionou Teresa.
— Claro. O mundo muda, mas a essência das adolescentes continua a mesma. E elas continuam sem fórmula para a primeira vez dar certo — ponderou Patty.
— Se tivesse seria tudo bem mais tranquilo — disse Tuca. — Ou não — concluiu, rindo.
E assim, entre balões de gás, animadores histéricos, princesas, crianças correndo, brigadeiros, pipocas e cachorros-quentes, elas entraram numa conversa que

as levou para o passado, para dez anos antes daquela festa. Relembraram, sem mágoas ou julgamentos, sua primeira experiência no quesito sexo. Conhecendo a história de cada uma, fica claro que a primeira vez pode até ser um assunto rodeado de mistérios e dúvidas, mas faz parte da vida e não tem, mas não tem mesmo!, receita de bolo para dar certo.

Ela pode ser bacana, dolorosa, sofrida, inesperada, desastrada, inusitada, divertida. Às vezes é diferente de tudo o que planejamos, sonhamos, acreditamos, pensamos. Mas fica carimbada na nossa memória, sendo ela boa ou ruim.

Com a palavra, Teresa, Clara, Tuca, Nanda, Patty e Joana.

Teresa

 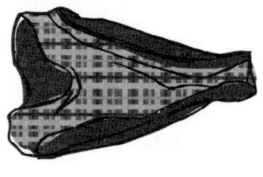

A minha história com o Gaspar tinha tudo para dar errado. Eu implicava com o coitado até dizer chega. Primeiro por ele ter acabado de completar 18, ou seja, era um menino de quase 17, o que significa que além de bobão era só um ano mais velho que eu, e sempre gostei de caras mais velhos. Como se não bastasse, por causa do infeliz me vi na obrigação de abdicar de um dia de diversão com as minhas amigas para fazer um programa família com ele e meus pais.

Eu explico. O pobre coitado tinha acabado de voltar para o Rio depois de quase três anos no exterior. A minha mãe, que o considerava um sobrinho, quis mostrar a ele como estava a cidade tanto tempo depois, e me pediu para ir junto. Ela era amiga de infância da mãe dele, estudaram juntas desde pequenas e jamais perderam o contato. Sempre achei isso bacana, preservar os amigos de colégio. As duas são como irmãs até hoje.

O Gaspar ficou nos Estados Unidos por dois anos e dez meses. Partiu para lá por conta de um intercâmbio de seis meses mas, como era fera no (acredite!) beisebol, acabou arrumando uma bolsa para jogar no time de uma escola ótima. E, para desespero, saudade e muito drama de sua mãe, na época chamada por mim de tia Beth (na época uma ova, até hoje eu a chamo assim!), foi ficando, ficando, ficando...

Nós dois nunca fomos muito chegados. Brincávamos quando nossas mães se visitavam, até nos divertíamos, mas era meio esquisito estar com ele. Não tínhamos os mesmos interesses, os mesmos papos. Um exemplo? Numa tarde chuvosa, ele me chamou em seu quarto para me mostrar uma "coisa rara". Fiquei curiosa e fui. O idiota tinha pousado uma meleca no papel higiênico para me mostrar como "melecas podem ser gigantes e assustadoras".

Argh! Mil vezes argh!

É por essas e outras que não sei se quero ter filho homem.

Tudo bem que ele tinha uns 10 anos e uns 6 de idade mental, mas em hipótese alguma se chama uma menina no quarto para mostrar uma coisa dessas! Tenha ela a idade que for!

A gente cresceu e ele continuou na dele, desengonçado, deslocado, tímido demais para o meu gosto. Sem molho, sem veneno, sem sal.

Deu para perceber que eu implicava mesmo com o bichinho, né?

Além disso, eu implicava muito, muito mesmo, com essa coisa de intercâmbio, essa história de chamar gente que a gente nunca viu de "pai" e "mãe". Claro que acho a experiência de aprender outra língua, de conhecer outra cultura e fazer novos amigos maravilhosa, enriquecedora... mas eu implico. Sempre tive vontade de passar um tempo fora, sim, mas não bancada pela minha família. Queria ir com a minha própria grana, ou me sustentar trabalhando como garçonete, babá, lavadora de pratos, ajudante de mágico, estátua-viva, qualquer coisa assim. Agora que você já sabe o meu grau de antipatia em relação ao Gaspar, pode presumir que eu poderia ficar mais dois séculos e meio sem vê-lo que nem notaria sua ausência. E também pode entender claramente o quão irritada eu fiquei ao saber desse programa que me tomaria praticamente o dia inteiro. Não estava com a menor vontade de sorrir para ele, de dar boas-vindas. Queria mesmo era ter coragem de me comportar como uma vaca durante todo o período em que eu estivesse com ele.

Mas sempre fui boa filha, e a mamãe, uma fofa. Nunca me pedia nada. Por isso, decidi que tentaria parecer simpática, perguntaria detalhes da temporada americana, de *"mommy and daddy"*, fingiria interesse na sua explicação sobre beisebol e futebol americano (sobre o primeiro eu não entendi *lhufas*, mas o segundo, adianto, é um pique-bandeira metido a besta) e riria das piadas sem graça ditas por ele. Essas coisas que a gente faz para viver pacificamente em sociedade.

Por dentro, desnecessário dizer que estava achando aquele programa um tédio. O maior da face da Terra. Ir com meus pais a uma churrascaria para o Gaspar matar a saudade do bom churrasco brasileiro depois de um passeio pela orla até Grumari? Lindo o passeio, eu sei. Mas por obrigação? Ninguém merece!

Some-se a isso o fato de eu não ser nada fã de carne vermelha (sempre, sempre preferi peixe a picanha, fraldinha e afins). Mas tudo bem, eu podia ser uma menina doce e simpática por algumas horas. Minha mãe merecia, era uma mãezona e tinha passado comigo, sem chiar uma única vez, o último sábado na Saara procurando fôrmas em forma de violão para eu fazer biscoitos amanteigados e vendê-los para a padaria do condomínio.

Entrei no carro com a cara amarrada do meu lado avesso e a minha cara falsamente fofa e feliz do lado de fora. Partimos rumo ao Leblon, onde o chato, sem graça, sem alça, sem veneno e sem sal do Gaspar morava.

Qual não foi minha surpresa ao ver Gaspar!

Nem de longe ele lembrava o Gaspar franzino, chato, sem graça, sem alça, sem veneno e sem sal que eu conhecera criança. Ele tinha se tornado um cara e tanto, com músculos em profusão, um cabelinho lisinho que era uma lou-cu-ra, barbinha rala e sensacional por fazer e a pele vermelhinha de sol. Era praticamente a visão do Éden. Um gringo com a carioquice na veia, uma mistura de... príncipe William, Brad Pitt e Caio Castro. Não...

Bem melhor que isso.

Em dois segundos, girei meu rosto e pus sua melhor versão para fora: um semblante muito, muito simpático mesmo, e um olhar pisca-pisca de libélula apaixonada.

Quando ele abriu a boca, percebi que o Gaspar que conheci criança tinha ficado no passado (yes, baby! Yesss!, comemorei). O Gaspar pós-intercâmbio era conversado, arriscava vez ou outra umas piadinhas verdadeiramente engraçadas, era espirituoso, cavalheiro (abriu a porta para mim e para minha mãe na saída do restaurante, very gooood!) e contou coisas muito legais sobre a experiência de morar fora do país.

Morreu de saudade do Brasil, dos amigos, do rango, do samba, de tudo, mas aguentou porque sabia que seria importante para a sua história, para a sua alma, para seu amadurecimento. E eu tentando esconder meu fascínio diante de tanta sabedoria.

Ah! O menino era ou não era tudo na vida de uma pessoa? Era ou não era?

Seu olhar era especial, sedutor. O meu também, devo confessar. O tal olhar de libélula de que falei antes... assim eu me refiro ao meu olhar sedutor. Aquele que você lança para uma pessoa louca para que ela te lance o dela de volta.

E pensar que passei algumas horas do dia chateadíssima, ruminando o martírio que seria sair com o cara. Tadinho!

A orla estava linda, o céu nunca esteve tão cinematograficamente arroxeado, o passeio de carro foi um deslumbre e o *japa* da churrascaria nunca me pareceu tão apetitoso (o rango! Não o japonês que preparava o rango, por favor, não vá pensar bobagem!). Enfim, foi uma tarde sensacional, perfeita e maravilhosa com o ex-chato e ex-sem graça mais gracinha do planeta.

Quando chegamos ao edifício em que ele morava com os pais, arrisquei:

— Você já foi ao Jardim Botânico desde que voltou?

— Eu não vou ao Jardim Botânico desde que tenho 4 anos.

— Que vergonha, Gaspar! — exclamei, toda charmosa. — O que você acha de ir comigo lá amanhã? Continua divino! É de chorar.

— Três horas?
— Fechado. — Selei nosso trato, sorriso bobo e doce no rosto.
Mas quer saber? Ele também me deu um sorriso bobo e doce antes de se virar e sair do carro.
O silêncio sobre quatro rodas acabou assim que paramos no sinal:
— É isso mesmo?
— Isso mesmo, o quê, pai?
— Você flertou com o Gaspar descaradamente na nossa frente?
— Qual é, pai? Que é que tem? Você por acaso acha que eu não dou mole para os meninos quando eu saio?
— Achar é uma coisa, minha filha, ver você fazendo é outra. Totalmente diferente.
— Deixe de implicar com ela, Elter — mamãe partiu em minha defesa. — Mas não posso deixar de te dizer que estou sem saber o que pensar. Nunca passou pela minha cabeça que você pudesse se interessar pelo Gaspar, você sempre achou esse menino um mosca-morta.

As coisas mudam, expliquei para mamãe, cantarolando Raul:

— *"Eu prefiro ser essa metamorfose ambulante do que ter aquela velha opinião formada sobre tudo..."*

No dia seguinte, acordei com uma súbita vontade de me sentir a menina mais linda do mundo. Muito mais linda que a mais linda das lindas. E nada melhor do que sentir-se bonita por dentro para ficar bonita por fora.

Claro que o que eu queria era que o Gaspar me achasse a mais bela das belas. Para isso, tratei de começar a produção às dez da manhã. Fiz as unhas (até as dos pés, uma raridade na minha adolescência), uma hidratação básica no cabelo, botei na minha pele pálida um autobronzeador meio fedorento mas que deu conta do recado (em pouco tempo fiquei coradinha) e joguei todas as roupas estilo piquenique em cima da cama.

Além dos biquínis, claro. Afinal, já que íamos ao Jardim Botânico, por que não uma esticadinha até o Horto para um banho de cachoeira?

Banho de cachoeira? Hum... você deve estar pensando. É, banho de cachoeira, eu admito que estava com a cabeça povoada por alguns pensamentos... bem... pensamentos mais... quentes. Ui! Tá, "quentes" foi horrível! Mas você entendeu!

Além do mais, não era dar muito mole chamar um cara para um banho de cachoeira numa tarde de quarta-feira, só nós dois, eu e ele, ele e eu, era?

Sim, era. Muito. Muito mesmo.

Ah! E daí? Estava disposta a ver até onde iria meu interesse por ele (e o dele por mim).

Escolhi a roupa (uma bermuda jeans desfiada, tênis, camisetinha branca nova mas com carinha *vintage* e um casaco de moletom vermelho, caso esfriasse no fim do dia) e fiquei esperando dar duas horas, quando pegaria o ônibus do condomínio rumo à Zona Sul.

Marcamos no café do Jardim Botânico.

Quando cheguei, ele estava sentado numa mesinha bebericando um refrigerante e beliscando uns pães de queijo.

Lindo.

Lindo?

Não.

Liiiindoooo!

O lindo parecia embevecido com o visual, completamente absorto no verde. Seus olhos estavam superdistraídos, ele nem me viu chegar. Aproveitei a distração para ir para trás dele e tapar seus olhos. Contato físico nessas horas é importantíssimo. O cara sente seu cheiro, sua respiração... Aos 16 anos, eu achava que sabia tudo de conquista. E sabia mesmo, porque não podia reclamar, os meninos gostavam da minha pessoa. E minha pessoa gostava dos meninos. Nunca tive problema com o sexo oposto.

— Se você acertar quem é ganha um beijo — eu disse. Nossa!, eu estava impossível!

— É a menina mais bonita da Barra?

Oooowwwwnnn!, fiz em pensamento.

Tudo bem que o correto não era "bonita", e sim "linda", e não "da Barra", mas "do mundo".

Mas tudo bem, fiquei feliz assim mesmo. Felizona.

Tasquei uma bitoca na sua bochecha imediatamente depois. Senti que ele corou, ficou todo encabulado.

Que fofo!

Ainda por cima tímido! OBRIGADA, CUPIDINHOS!, comemorei mentalmente, assim, em letras garrafais, mesmo.

Apesar de empolgada, resolvi desacelerar. Não havia necessidade de ir com tanta sede ao pote. Até eu estava me estranhando. Tudo bem que minhas amigas viviam me dizendo que eu era fácil, dada e coisa e tal, mas é que sempre achei que se a gente quer muito uma coisa precisa batalhar por ela, e dentro do conjunto Coisa, está o conjunto Meninos.

Então, nada mais justo que partir para cima quando se quer um beijo.

E tudo o que eu queria naquela hora era sentir o gosto do beijo do Gaspar. Mais que isso: eu queria viver, com o Gaspar, aqueles três segundos mágicos que antecedem o beijo.

Esquisito...

Olha como o mundo dá voltas. Nunca tinha pensado em encostar a minha boca na do Gaspar, mas isso era o que eu mais desejava naquele minuto.

Passeamos pelo Jardim Botânico e falamos de tudo: esporte, ídolos, cultura, internet, novas tecnologias. De câmera fotográfica em punho (um hobby que ganhara nos EUA), ele registrava tudo, quase babando. Descobri que o cara era louco por fotografia, por plantas e por fotografar plantas. Logo, ponto para mim, que o chamara para um lugar perfeito para aficionados por fotos e plantas. Modéstia lá na China, eu era simplesmente um espetáculo quando o assunto era relacionamento, uma enciclopédia ambulante sobre conquista.

Ele fotografou vitórias-régias por uns dez minutos e depois sentamos sob uma árvore para ele me mostrar as fotos que tirara no visor da câmera. Não demorou muito para levantarmos e seguirmos na nossa tarde ecológica. Voltamos a andar, agora entre as palmeiras, e fotografamos muito. E entre os cliques lançávamos um para o outro olhares, assim, insinuantes. Cada vez mais intensamente.

Paramos. Sentamos num banquinho branco. Ele encostou no meu braço. Eu me aproximei dele. Ele aproximou-se de mim e botou as mãos na minha nuca.

Ui!

Que frio na barriga me deu nessa hora, você não pode imaginar.

Claro que você pode, como sou tolinha!
Devagar, ele aproximou sua boca da minha. De olhos e lábios entreabertos, nos olhamos pela última vez antes do beijo. E lembro de ter dado nota mil aos segundos mais maravilhosos daquele dia, daquele ano, quiçá da minha existência até então.
Foi incrível. Nossas bocas se encaixaram com uma harmonia impressionante, que beirava a perfeição. O beijo, macio e na velocidade correta, durou longos e inesquecíveis minutos. Antes de engatarmos no segundo, uma pausa para beijinhos na nuca e olhares derretidos. Mais beijo! Meu coração batia tanto, o gosto da sua boca era tão bom... sem contar que o Gaspar era exatamente o que o dicionário define como carinhoso.
Como estava cada vez melhor, esperava ansiosamente pelo terceiro beijo quando ele se afastou de mim e disse, muito sério:
— Preciso te dizer uma coisa, Teresa.
Ô-ou!
— Tem que ser agora? — arrisquei.
— Eu tenho namorada.
O quê? Como?
Muita hora nessa calma!
— É sério? Tipo assim... é um relacionamento sério?
— É. O nome dela é Arianne, ela tem 18 anos, é de Chicago e deve vir para cá passar o Réveillon. Se a gente chegar à conclusão de que se ama mesmo eu me mudo para os Estados Unidos de vez e a gente se casa no ano que vem.
"A gente se casa (SE CASA!) no ano que vem"?! COMO ASSIM!?

Aquela surpresa caiu como uma bomba atômica na minha cabeça!

— Caramba! Você não podia ter dito isso antes de me beijar? Afinal, estamos conversando há mais de duas horas! — reagi, num misto de surpresa e decepção.

Um lado meu estava injuriado por ele não ter sido sincero comigo; o outro não queria me deixar desistir daquela coisa boa que eu estava sentindo só por causa de uma gringa lááááá longe. E, pior, que nem sabia se amava o cara!

O meu dilema foi se agravando quando percebi que depois de conhecer a boca do Gaspar, eu passei a querer o Gaspar inteiro para mim, algo que jamais tinha sentido antes, com nenhum ficante. Nem com o Luiz André, meu ficante mais sério naquela época. Meu passatempo era beijar meninos, beijar meninos, beijar meninos. Nada mais sério, nada mesmo. Só beijo.

Com o Gaspar era diferente. Senti um frio na barriga indescritível, um nó na garganta esquisito, um tremor nas pernas inédito na minha história.

Com a cara mais sonsa do mundo, ignorei todas aquelas revelações bombásticas do meu quase-gringo e arrisquei:

— O que você acha de um banho de cachoeira antes de irmos para casa?

Ah!, perguntei, sim! Pode me chamar do que quiser, devoradora de meninos com namoradas no exterior, fácil, sem noção, piranha (é, piranha!), do que quiser, mas foi o que senti na hora. Segui meu instinto e ele urrava por Gaspar, queria que ele ficasse perto dos meus poros o máximo de tempo possível.

Seu olhar hesitante quase me pregou uma peça, mas, para meu alívio, ele respondeu assim à minha proposta:

— Maravilha! Eu nem lembrava mais que no Rio tem cachoeira assim, tão pertinho do mundo civilizado.
— Aqui perto tem uma deliciosa. Vamos?
Pegamos um ônibus e em cinco minutos estávamos no Horto. Depois de uns vinte minutos caminhando numa trilha, demos de cara com a cachoeira. Lá, ele acabou falando à beça da tal Arianne, a quem, dentro da minha cabeça, eu só me referia como *the cow*, vaca em inglês. Parecia gostar sinceramente dela, mas, ao mesmo tempo, não estava arrependido de ter me beijado. Disse isso com suas palavras.
A água estava gelada, gelada daquela que endurece os músculos quando a gente se molha. Apesar do banho de água fria por conta da Arianne, a cachoeira só fazia esquentar o clima entre nós dois, aos poucos o frio ia dando lugar a um magnetismo que atraía um para perto do outro. Era inexplicável, ele também parecia surpreso, mas nossos corpos agiam sozinhos, eles se atraíam, eles queriam estar juntos, fugia à nossa vontade racional.
Não conseguia parar de olhar para ele, de fazer dengo para ele. Em resposta, ele olhava para mim de um jeito que me derretia e lançava de tempos em tempos um sorriso perfeito e cativante que me deixava com vontade de voar pra cima dele.
Suas covinhas, seu tom de voz, seu corpo, seu andar, tudo nele me atraía. Por que essa Arianne tinha que estar no meu caminho?, era a grande questão da minha vida naquele momento.
Mas a Arianne foi esquecida em menos de dez minutos na cachoeira. Ele era inteligente, me fazia rir, me fazia refletir. E eu fazia o mesmo com ele, porque

Gaspar riu e se divertiu muito no tempo que passamos juntos. Um casal perfeito. Se fôssemos um casal.
Quando já estávamos nos secando para ir embora, ele me puxou para perto e me tascou um beijo... um beijo... um beijo do tipo "OH! MY! GOD! (traduzindo: Ó! MEU! DEUS!)".
Nossa! Fui à lua, flanei pela Via Láctea, dei a volta nos anéis de Saturno, chorei ao ver um cometa. Quando voltei à Terra, ele ainda estava lá, com a boca na minha, as mãos nas minhas. Yes! Ele estava gostando daquilo tanto quanto eu!
Os Estados Unidos estavam pequenos, a Arianne, eu suspeitava, começava a ficar pequena, pequena... grande mesmo era o nosso amor.
Peralá!
Que amor, o quê? Nós tínhamos acabado de nos conhecer!
Senti a consciência pesar de novo com aquele pensamento romântico nada a ver comigo. Que mané amor? Eu não planejava amar ninguém antes de fazer 18! Como tem uma corrente que diz que amar é sofrer, eu prometi a mim mesma que não iria correr esse risco. E fiz isso do alto dos meus 11 anos.
— Melhor a gente parar com isso. Não posso fazer isso com a Arianne.
— Você não está fazendo nada com a Arianne — eu deixei escapar.
Sim, eu sei que ele estava fazendo uma coisa muito feia com a Arianne! Mas eu estava tão feliz dentro dos seus braços!
Então eu disse, sem pensar:
— O que os olhos não veem o coração não sente.

— É? Pensaria assim se fosse com você?
— Com certeza!
— Mentira.
— Juro! Sabe o que seria imperdoável pra mim, se eu fosse sua namorada? Saber que você ficou com uma garota num lugar cheio de gente que eu conheço. Aí, sim, seria péssimo! Mas assim? Ninguém vendo? Ninguém sabendo? Você não está humilhando ou desrespeitando a sua namorada. Apenas seguiu um instinto.
— Instinto é coisa de bicho. E o que difere a gente dos bichos é que temos a parte racional. Nós pensamos, Teresa. Eu devia ter me afastado de você, ter dito não pro meu instinto.

Droga! Ele era bom nisso! Eu tinha que pensar rápido!

— É, mas você não se afastou de mim. Pelo contrário. Sinal de que queria muito que esse beijo acontecesse. Era mais forte que você, mais forte que a sua razão. E esse tipo de coisa é única, é rara...

Mandei bem pra carambaaaa!

— É? Não sei... Mas acho que você tá certa...

Yes! Yes! Eu estava conseguindo levar o menino para o bom caminho! Para o meu caminho...

— Claro que tô certa. Além do mais, isso vai ser um segredo nosso... ninguém precisa saber o que aconteceu hoje.

Que mentira! Imagina se eu não ia contar para as minhas amigas!

— Tá. Então... eu nem conto nada para a Arianne? — ele perguntou, muito fofamente, já se aproximando de mim de novo.

— Não! Quer dizer, conta! Conta tudo! Traições precisam ser confessadas.

— Sério?
— Sério. Tem que falar!
Estava claro que eu não queria ser uma brincadeira de verão pra ele. Queria que, por minha causa, ele esquecesse a *cow* Arianne para sempre. E que *cow* Arianne ficasse muito irritada com essa traição horrorosa e deixasse o Gaspar só pra mim.
— É? Será que ela vai entender? — ele ficou pensativo. — Acho que sim... Até porque existem traições e traições, né?
— Claro! Umas perdoáveis, outras inadmissíveis. A nossa, aqui, é totalmente normal, admissível, perdoável, corriqueira... Aposto que a Arianne vai entender. — menti descaradamente.
— Você é muito especial, Teresa. Tá sendo muito legal essa tarde com você.
"Fica quieto, assim você acaba me conquistando", pensei em dizer, como se não soubesse que já estava 1000% conquistada.
Não resisti e perguntei:
— Legal? Só legal?
Tantos adjetivos melhores para aquela tarde: "perfeita", "maravilhosa", "inesquecível"!.
— Muito legal — ele disse, pegando na minha nuca e me dando um selinho.
Achei que o selinho ia virar outro beijo sensacional e continuei de olhos fechados, inclinada na direção dele, esperando meu beijo de cinema. Como o beijo não vinha, arrisquei, supersedutora:
— Quero te dar mais um beijo...
— Eu também. Mas...
— Não! Sem "mas", sem "mas", por favor! — implorei.

Tarde demais.

— Acho melhor ir embora. Está ficando tarde e eu preciso pensar.

O que é que esse menino tanto quer pensar?, eu adoraria saber.

Mas, no fundo, eu sabia, claro, no que ele queria pensar. Na sem-graça da *cow* Arianne e nos momentos lindos e românticos que passaram juntos. E na traição horrorosa que tinha acabado de cometer.

Puxa vida, ele tinha que pensar e descobrir que eu era a paixão da vida dele e que Arianne era só uma *cow*, ups!, uma namorada sem importância! Isso que ele tinha que descobrir! Será que eu mexi com ele como ele mexeu comigo?, eu me perguntava a toda hora, angustiada.

Cheguei em casa e chorei a noite inteira. Rios e mais rios de lágrimas. Não quis nem conversar com a minha mãe, que sempre foi minha amigona.

— Sai daqui, mãe! Que saco! Não quero falar com ninguém! Ninguém! Sai! Eu quero paz! Paz! Será que é difícil entender isso? — berrava, atirando almofadas e revistas na direção da porta fechada.

Já com minhas amigas...

— Oi, Cla... Não estou legal para conversar hoje, bela... desculpe, foi mal... também te amo, depois te ligo... juro... beijo... — eu dizia docemente.

Queria ficar sozinha, pensando nos beijos maravilhosos daquela tarde e na revelação que teimava em ecoar na minha cabeça: "Eu tenho namorada." "Eu tenho namorada." "Eu tenho namorada."

Eu não sou ciumenta!, era o que eu devia ter dito a ele.

Mas não consegui. Teria dito isso se quisesse somente usá-lo para fins beijoqueiros. Mas não. Eu não queria só beijá-lo. Eu queria mais.

Ele não podia me achar uma menina fácil. Eu queria que ele me achasse a menina mais linda do mundo e ficasse a fim de namorar comigo. Por tempo indeterminado. Que ele desse um belo chute no traseiro da pálida-sem-sal da *cow* Arianne para ficar com sua branquela-porém-artificialmente-bronzeada amiga de infância.

Eu estava me corroendo de ciúmes da cafona da Arianne. Nem conhecia seu rosto, mas conseguia imaginá-lo. Devia ter cara de Barbie, cabelo palha de Barbie e corpo de jamanta, sem uma curvinha pra contar história. E devia falar com um sotaque insuportavelmente nasalado, além de ser chata e modorrenta.

Não... se o Gaspar tinha se apaixonado por ela, a menina não podia ser nada disso. Não podia ser outra coisa a não ser gente boa. Muito gente boa.

— Por quê? Por quê? — eu fazia drama, aos berros, devorando caixas e mais caixas de chocolate ao leite na solidão do meu quarto sempre bagunçado.

Amar sem ser amada é a pior coisa do mundo desde que o mundo é mundo. Ainda mais quando você tem 16 anos. E eu sabia que jamais conseguiria declarar meu amor para uma pessoa que amava outra pessoa. Que armadilha o destino me pregara.

Mas não pense que num primeiro momento eu admiti que amava o Gaspar. Imagina! Para mim, inventei a mentira de que apenas gostara muito, muito do seu beijo e de sua beleza interior. E de que era bom, muito bom, ficar com ele e conversar com ele. E estar com ele. E rir com ele. Só isso.

Passou um dia, nada de Gaspar. Mais outro, nada de Gaspar. Uma semana se passou e nem sombra de Gaspar. A essa altura eu já tinha absoluta certeza: estava completamente apaixonada. Tomei coragem, larguei a tristeza por alguns minutos e liguei para ele. A mãe atendeu, disse que ele não estava.

Aposto que era mentira. O Gaspar estava com medo de mim. De me ver, de sentir coisas por mim que não estavam nos seus planos, ou melhor, que mudariam seus planos. Só podia ser isso.

Mais três dias se passaram. O telefone tocava, meu coração disparava e logo em seguida tudo voltava ao normal, quando eu descobria que do outro lado era um amigo do meu pai, ou da lavanderia ou alguém perguntando se minha mãe queria mudar de cartão de crédito ou de celular. Nunca era para mim.

As meninas pararam de me ligar. Fizeram um mutirão e bateram lá em casa: Clara, Tuca e Fernanda.

— Você está nessa cama se entupindo de chocolate e espinhas desde a semana passada. Não vê que tem alguma coisa errada? — sugeriu Tuca.

— Isso seria absolutamente normal se estivesse acontecendo com qualquer uma de nós, mas com você? VOCÊ ficar triste por causa de um garoto? — completou Clara.

— VOCÊ que vive dizendo que meninos estão aqui só para nos paparicar e nos fazer felizes? — arriscou Fernanda.

— VOCÊ que não acredita no amor, e sim no prazer do beijo? — Tuca tentou mais uma vez.

— VOCÊ que nunca quis se apaixonar porque acha que amar é sofrer? — irritou-me Fernanda.

— VOCÊ que nunca se apegou a ninguém, a não ser ao Tadeu, aquele rato idiota e horroroso que te fez chorar dias seguidos quando morreu? Bicho frágil! — pegou pesado Clara.
— Rato é a sua mãe! O Tadeu era um hamster. E eu matei o bichinho! Ele caiu da minha mão e quebrou o pescoço! Normal eu chorar, né? Pode não parecer, mas eu tenho coração! — desandei a chorar.
— Ah, não, Teresa! Chega! Bota uma roupa, vamos espantar esse baixo-astral — decretou Clara.
— Planejamos uma tarde de sorvete, shopping e cinema para te animar — contou Tuca.
— Valeu, gente, mas quero ficar em casa.
— Teresa! Agora eu estou seriamente preocupada. O que esse menino fez com você? O que aconteceu no Jardim Botânico? Você sumiu, não atende a gente, sua mãe disse que você vive cabisbaixa, não estuda mais, só chora e grita, mal conversa com ela...
— Já te ocorreu que você pode estar... a-ap-apaixonada por esse G-G-Gaspar? — perguntou Clara, cheia de dedos.
— Vira essa boca para lá! Sou muito nova para me apaixonar, antes que isso aconteça vou beijar muitas bocas! — fiz cena.
— Acho que não, hein? Você negou imediatamente, sequer cogitou uma tarde de sorvete, shopping e cinema, isso é muito grave. Esse menino mexeu muito com você.
— Ai, Tuca, claro que não. Vocês estão viajando. Eu apenas gostei de ficar com ele, nosso beijo encaixou, só isso.
— E como foi sua tarde com ele no Jardim Botânico? Pode liberar os detalhes, anda... — pediu Fernanda.

— Ah... — os meus olhos brilharam. Só a lembrança do nosso passeio pelas aleias do parque, dos papos que tivemos perto do lago das vitórias-régias, do cheiro do verde e do barulho da cachoeira me davam arrepios de saudade dele. — A gente fez um monte de coisas... — eu disse, com a cabeça caindo para o lado direito e o olhar perdido em algum lugar no branco do meu armário.

Antes mesmo que eu começasse a contar como tinha sido minha maravilhosa tarde na companhia do maravilhoso (e estupendo, lindo, bombom, dez mil vezes belo) Gaspar, gerei reações como:

— Não! — verbalizou Nanda.
— Não! — frisou Tuca.
— Sim! Sim, meninas! Aconteceu: a Teresa está apaixonada! — anunciou Clara.
— Não! Não! Não! Isso é só reflexo da MINÚSCULA dor, que já, já vai passar, causada PELO MINÚSCULO contratempo de que o Gaspar tem uma vaca americana estacionada no coração! É só isso! — expliquei para as meninas.

Quem eu queria enganar?

— E você acha que se fosse só essa coisa minúscula você já não teria esquecido o cara e passado para outra? Não é você que vive dizendo "Rei morto, rei posto", "A fila anda!"? — questionou Tuca.

— Não é você que adora passar o rodo? — Clara piorou a minha situação.

Ai, que saco ter amigas que te conhecem melhor do que você mesma!

— Eu estou triste não é só por isso...
— Está triste por que, então?
Ui!

— Porque... porque... porque estou em crise sobre o que fazer no vestibular.

Gargalhada geral. As três choraram de rir como se eu tivesse contado a piada mais hilária do mundo. Quando, enfim, o riso frouxo cedeu e elas se acalmaram diante do meu semblante apático, Fernanda decretou:

— Não é crime se apaixonar, menina! Não se culpe por isso!

— Eu sei que não é crime! Mas por que logo na minha primeira paixão eu arrumo uma pessoa que não está disponível? Por quê? E eu só vi o menino duas vezes, como é que eu posso sentir tanta falta de uma pessoa que só vi duas vezes?

— Elementar, minha cara: paixão. O nome disso é paixão.

— Mas eu não quero! — choraminguei.

— Não tem essa de querer ou não querer. Paixão acontece assim, num estalar de dedos. 'O coração tem razões que a própria razão desconhece', nunca ouviu esse ditado? — disse Tuca, em tom professoral.

As meninas me fizeram pensar. Saíram de lá quase duas horas depois, cansadas de tentar me animar. Belas, queriam me ajudar. Mas eu estava numa maré de pessimismo, certa de que o Gaspar, depois do nosso encontro, tinha pensado bem e percebido que Arianne, *The Cow*, era a mulher da sua vida e que eu tinha sido apenas uma diversão carioca, um passatempo enquanto o grande dia do seu casamento gringo com a gringa vestida de bolo não chegava.

Ele queria ser feliz para sempre com ela. Burro, eu estava tão mais perto, tão mais à mão do que ela, falando a mesma língua dele, entendendo a língua dele como ninguém. Porcaria esse negócio de paixão não correspondida. Logo comigo?

Que sacanagem!

Mais uma semana se passou e nada do Gaspar. Notícias dele, só pela minha mãe, que conversava quase diariamente com a mãe dele pelo telefone. Um belo dia, as notícias sobre Gaspar mudaram. Saíram "Gaspar foi visitar a tia" e "Gaspar passou a tarde numa loja de miniaturas de avião com o pai", que me davam uma espécie de esperança, entraram "Gaspar foi numa boate nova que abriu com o Neco", "Gaspar comprou um skate", "Gaspar foi para Búzios com os amigos", "Gaspar passou o dia inteiro na praia".

O subtexto de todos esses recados era: Gaspar está ótimo. Excelente. Gaspar está feliz, nem aí para você e pra sua tristeza, sua idiota. Enquanto você está engordando e enriquecendo ainda mais a indústria do chocolate, ele está aproveitando a vida, rindo com os amigos e se divertindo.

E eu me corroendo de dor na solidão do meu quarto.

Foi muito duro me tocar de que minha tarde encantada no Jardim Botânico tinha sido encantada só para mim. Aquele período de tempo que passamos juntos fora só uma diversão gaspariana em solo brasileiro.

Porcaria!

Estava decidida: precisava arrancá-lo da minha memória, do meu coração, da minha cabeça, aquilo já tinha ido longe demais.

Saí à noite. Botei minha saia mais curta e fomos a um show da banda Mico Sujo, de uns meninos do condomínio. Estava lotado de gente linda. Ótimo, já que eu queria porque queria ficar com alguém. Tinha certeza de que ressuscitar a boa Teresa velha de guerra seria a forma mais imediata de espantar a tristeza a as lembranças daquele dia *romântico-natureba*.

Dei tanto mole para o Ricardo Maicon, vocalista da banda, que acabamos ficando. Beija daqui, beija de lá, as meninas todas morrendo de inveja de mim, os cintilantes olhos azuis do menino mais cobiçado da Barra piscando para os meus e eu não conseguia tirar o Gaspar da cabeça. Por nem um segundo.

Eis que, de repente, não mais que de repente, quem adentra o recinto?

Ele! Gaspar!

E eu estava atracada com o Ricardo Maicon!

Não deu outra: quando vi o quase-gringo mais fofo do mundo, meu coração desandou a bater num ritmo bate-estaca, parecia que todas as minhas células se agitavam numa *rave* animadíssima.

Ao mesmo tempo que eu queria que ele me visse nos braços de outro, para que morresse de ciúmes (pelo menos que morresse só um pouquinho), eu não queria que ele me visse nos braços de outro. Não queria que ele ficasse chateado e achasse que eu estava namorando, ou que eu não pensava mais nele. Não queria que ele ficasse triste de me ver fora do meu quarto aproveitando a vida.

Larguei Ricardo Maicon e voei com a Clara para o quartel-general feminino, o banheiro:

— Mas o Gaspar não é nada seu! Vocês não têm nada! Desencana! — sacudiu-me Clara. — Você não pode e não deve se importar com nada que o Gaspar pense ou diga.

Certa, *certésima*.

Estava pronta para voltar para os braços de Ricardo Maicon. Mas... e o choro? E os olhos inchados e vermelhos? O que fazer com eles? O que fazer para que ninguém (principalmente o Gaspar) visse que eu estava chorando? Droga! Por que eu estava chorando? Lavei o rosto pela milésima vez e tentei parar de chorar. Pela milésima vez.

— Teresa, estou te achando muito amarrada nesse menino. Vai lá falar com ele, então!

— Ele tem namorada, Clara!

— Que está longe. E que não deve ser lá muito amada, porque ele passou uma tarde linda com você.

— E nunca mais ligou.

— Não é só a gente que tem medo dos sentimentos, insegurança em relação ao que o outro pensa, tem pânico de amar, de cair do cavalo, de sofrer. Meninos são de carne e osso, como a gente. E se ele continuar sem saber que não foi mais um para você, fica mais difícil esquecer a americana.

— *The Cow*.

— Que feio, Teresa! Você nem conhece a menina! — repreendeu-me Clara.

Certa, *certésima*.

— Nunca vou ter coragem de falar com ele. E se ele disser que ama a gringa na minha cara?

— Vocês se beijaram, até cachoeira rolou. Ele não vai fazer isso. Mas se fizer, beleza, tira o time de campo. Cadê a sua postura de quem consegue tudo o que quer? Falar é fácil, fazer é que é difícil, né?

Aquelas últimas palavras ecoaram na minha mente. Falar é fácil, fazer é que é difícil. Falar é fácil, fazer é que é difícil. Falar é fácil, fazer é que é difícil.

Certa, *certésima*!

Eu falava, falava, vivia dando conselhos para as amigas, vivia exibindo minha facilidade em conquistar, minha falta de comprometimento com as regras impostas pela sociedade, meu super amor-próprio, minha vontade de lutar pelos meus objetivos.

O objetivo do meu coração, Clara lembrou muito bem lembrado, estava ali, do lado de fora do banheiro. E eu estava ficando com outro. Sem a menor vontade. Tudo errado!

Chorei mais um tantinho no ombro dela antes de sair do banheiro e enfrentar o touro na arena. Mas eu queria só passar por ele, sabe? Para uma rápida troca de olhares e um breve levantar de sobrancelhas.

— Não faz isso, Teresa! Fala com ele, diz a verdade, diz o que você tá sentindo!

— Tá louca? Não vou conseguir. Nunca... Não insiste, Clara!

Com o coração tremendo e o estômago em brasas, procurei meu quase-gringo com os olhos e logo o avistei. Frio na barriga intenso, duradouro. Doído. Aquele menino mexia mesmo comigo.

Eu precisava vê-lo de perto.

Do outro lado, Ricardo Maicon me procurava. Foi aí que me peguei dando uma ligeira abaixadinha, para tentar me encolher e me esconder na pequena multidão que lotava a boate.

Cena ridícula.

Fui firme na direção do Gaspar. Pronta para olhar, levantar a sobrancelha pra ele e seguir caminho. Clara atrás de mim, louca para me fazer mudar de ideia.

— Eu não vou conseguir dizer nada para ele, não insiste — eu disse entre os dentes. — Vou no máximo dar um "oi" e só.

— Se você não disser nada, eu digo.

— Você não seria capaz. — Eu tremi nas bases.
— É o que você pensa — ela rebateu, desafiadora.
Andamos mais um pouco desviando da galera e finalmente o olho do Gaspar encontrou o meu. Ufa! Ele sorriu com os olhos. Depois baixou-os, meio envergonhado, e levantou-os de novo, para terminar seu sorriso ocular. Retribuí com olhos felizes e, confesso, um tanto marejados. Mas aguentei firme, não chorei. Quando passei por ele, paramos frente a frente.
— Oi, Gaspar. Tudo bem? — perguntei, tentando ser natural.
— Tudo. E você? — ele disse, sem aparentar muito entusiasmo.
Então aconteceu o inesperado. Sabe aquela sensação de não querer falar com ele que eu contei nas linhas acima? Esquece!
— Tudo ótimo. Ótimo! Maaaaraaaaavilhooooso! Melhor que maravilhoso, excelente. Excelente é melhor que maravilhoso, né? É, com certeza é, é sim. Minha vida está, assim, sensacional, excelente, um espetáculo, coisa de louco! Perfeita, mesmo. Nunca esteve melhor. Sabe quando tudo dá certo? Tudo, tudo, tudo? Então! Até minhas notas em Química melhoraram, acredita? E eu odeeeeeio Química, cê sabe, né? Não, não sabe. Dane-se. Coisa mais inútil, Química! Química e bala de anis. Tem coisa pior do que bala de anis? Não, não tem.
Parei o discurso por motivo maior: um chute certeiro da Clara no meu tornozelo.
— Que bom que tá tudo bem com você — ele reagiu, seco.
— É, é bom, sim. Bom, nada, é um espetáculo.
— Hum...

— Arrã, arrã... Arrã.
Silêncio. O maior silêncio que aquela boate barulhenta já ouviu. O silêncio mais desconfortável e demorado que o planeta Terra presenciou desde o tempo dos dinossauros.
— Soube que você comprou um skate...
Ele olhou para baixo.
Ô-ou...
— Dei uma sumida, né? Desculpa.
— Que desculpa, o quê? Sumiu nada! Imagino quantos amigos querem te rever. Deve estar difícil ser um só, aposto que parentes, amigos e seu pai e sua mãe estão sugando toda a sua atenção. Na novela ontem, aquele ator que eu não sei o nome estava usando um casaco idêntico ao seu, acredita? E o skate? Você comprou um skate... mas eu já falei do skate. Você que não respondeu minha pergunta sobre o skate.
Estava mais verborrágica do que nunca, falando sem respirar, comendo as palavras, que vergonha! Ainda bem que o Gaspar me cortou:
— É. Comprei um skate.
— Olha só, quem diria... Uau... U-huu-huuuu... — eu disse, sem encontrar nada melhor para dizer.
— E terminei com a Arianne — ele prosseguiu, deixando meu coração doidinho, à beira de um treco. Um treco bom, mas um treco. Em chamas por dentro, eu tentava aparentar pouco interesse quando, na verdade, tudo o que eu queria era arregalar o máximo meus olhos e abrir o mais que pudesse minha boca enorme.
— A gente resolveu dar um tempo, para eu ajustar a minha cabeça antes de pensar em casar, em mudar de país. Sou muito novo. Ela também.

— Ah, isso eu acho também. Os dois são muito novos, muuuuito novos. Muito jovens, jovens demais, exageradamente jovens, estupidamente jovens. E juventude é para ser vivida. Vi-vi-da! Vivida pelos jovens. Gente nova é gente jovem, gente jovem gosta de novidade, de juventude, de jovens, de pessoas jovens. Jovens.

Um novo e mais potente chute de Clara foi a senha para eu calar a boca. Salve, Clara!

Ele prosseguiu:

— Eu preciso ter certeza dos meus sentimentos, Teresa. Depois daquela tarde, eu... eu fiquei bastante confuso em relação a eles.

Póóóóin!, ouvi um martelo de criança bater na minha cabeça.

Caraca!!!!! Caraca com 1.200 pontos de exclamação era a palavra que não saía da minha cabeça.

Ele tinha terminado com Arianne, a Feia, a Ridícula, *The Cow*! Terminado! E estava confuso em relação aos seus sentimentos! Fiquei chocada, foi a frase mais adulta que eu tinha ouvido até então.

Tomei coragem e disse:

— A gente precisa conversar, Gaspar.

— Não, nada de conversar, Teresa, por favor. Eu ainda estou mastigando a ideia do término com a Arianne, não estou preparado nem para conversar, nem para começar alguma coisa agora. Quero ficar sozinho um tempo, preciso de um tempo para mim.

Tempo para mim? Foi isso o que ele disse? Pééééé!, soou a campainha ensurdecedora em toda a minha cabeça. A velha história que, do alto dos meus 16 anos, eu conhecia de cor e salteado. O cara terminava um

relacionamento significativo e nunca queria emendar noutro, precisava se encontrar, se descobrir, aproveitar a solteirice, andar com as próprias pernas, sempre o mesmo e batido nhenhenhém. Descobri, anos mais tarde, que na fase adulta o homem substitui o insosso "preciso de um tempo para mim" pelo pseudossério, pseudofreudiano, "o problema não é com você. É comigo". Sim, e ainda tem o terrível "estou num momento muito meu".
Esse momento muito deles é o momento para galinhar, para beijar muito e muitas.
Explicações sobre o sexo oposto à parte, que grosseria do Gaspar! Quem ele pensava que era? Quem dava a ele o direito de falar daquele jeito comigo?
— Desculpe, desculpe, eu estou nervoso. Além de todo esse rolo, briguei com a minha mãe, ando irritado, mal-humorado, tenho sido um péssimo filho. Desculpe. A gente se vê.
E me deu as costas e foi embora. "A gente se vê"? Não era esse o combinado!
Dei um chutão na canela da Clara.
— Posso saber por que ele não se jogou em mim e me deu um beijo desentupidor de ralo?
— Porque a vida não é do jeito que a gente quer... e porque você está ficando com o Ricardo Maicon.
— O Ricardo Maicon! — lembrei, levando as mãos à boca, e saí correndo para o outro lado da boate.
Ricardo Maicon tinha desistido de me esperar. Sentindo-se um pop star, dava autógrafos para as menininhas histéricas da Barra e tirava fotos e dava em cima de uma aqui, outra acolá.
Paguei a conta e fui para casa com a Clara.

Não dormi nada. No dia seguinte, meus olhos eram duas almofadas, pior, dois pufes, daqueles bem gorduchos. "Não era para acontecer", eu tentava pensar. "Ele pode até ser a pessoa certa, mas a hora é errada", eu me consolava, supertrabalhada nos clichês.

Minha mãe bateu na porta.

— Não quero falar, mãe, por favor. Desculpe, mas eu não quero ver ninguém.

— Está bem, está bem. É que chegaram umas flores, achei que você gostaria de saber quem mandou.

— Quem foi? — eu perguntei, com os olhos ansiosos.

— Foi um tal de Gaspar — ironizou minha mãe. — Mas acho que você xingou o pobre para a Clara a madrugada inteira, não deve gostar muito dele.

A Clara, coitada, tinha ido dormir lá em casa, para me fazer companhia e desviar meu pensamento para outro canto. Mas eu estava tão chata que passei a madrugada inteira chorando e maldizendo o Gaspar, maldizendo o Gaspar e chorando. Amar sem ser amada é tão chato... eu não estava achando a menor graça naquele sofrimento todo. Ela não me aguentou (com toda razão) e se mandou antes de amanhecer. Disse que eu estava um porre, nas suas sempre sinceras palavras.

No dia seguinte, quis esganá-la por ter ido embora e não estar ao meu lado para me dar um abraço apertado. Eu tinha de abraçar alguém. Nunca recebera flores.

Que chique! Flores! Achava que isso era coisa de adulto. Adulto de novela.

— Quero ver as flores, mãe! — berrei, histérica.

— Posso entrar?

— Dâââ!

— Nossa! São... são lindos.
Eram girassóis. Um lindo vaso de girassóis. Na tarde que passamos juntos, inspirados pelo Jardim Botânico, conversamos sobre flora e eu disse a ele que era fanática por girassóis.
Puxei minha mãe para perto de mim e esmaguei-a num abraço, sem dizer nada. Passamos um tempo aninhadas em silêncio, até que perguntei:
— Nunca passou pela minha cabeça que um dia eu ganharia flores. O que eu faço agora?
— Agora você liga para agradecer.
— É? — eu disse, sorriso grudado no rosto.
— É. E nesse telefonema, já que ele terminou com *The Cow*...
— Ô, mãe, não fala assim dela... — pedi, rindo. Ela me ignorou.
— ... você pode chamá-lo para vir aqui, ou para ir a um show, ou à praia...
— É? — perguntei, mais feliz.
— É, moça! E não sei por que a senhora ainda não está no telefone falando com ele.
— Não é assim, mãe! Preciso ensaiar!
— Você? Ensaiar para falar com um menino? Xiii... É muito mais sério do que eu pensava!
— É? — eu quis saber, com os olhos desconfiados.
— É! E para com esse "é?" porque já me irritou! — ela brincou, para descontrair. — Não tem cartão?
— Cartão? Cartão! Lógico!
Logo encontrei.
"Sou péssimo para escrever. Prefiro falar olhando no olho. Posso te encontrar às 18h na sua portaria? Beijo, Gaspar."

Expulsei minha mãe do quarto e liguei voando para ele. Coração nas amígdalas.
Ele atendeu.
— Obrigada pelas flores. São lindas — agradeci, de cabeça entortada e voz infantil.
— Achei a sua cara.
Dei uma risadinha derretida.
— E então? Que tal hoje às seis?
— Sobre isso... Gaspar, eu não quero que você se sinta pressionado, sei que você não deve estar pronto para nada sério, você deve estar fugindo de relacionamentos sérios, eu entendo perfeitamente, sério...
— Eu não estou pressionado, não estou fugindo de relacionamentos sérios e quero muito conversar com você. Te vejo mais tarde, então. Beijo.

Logo cheguei à conclusão de que ele estava num momento ruim na noite passada. Todos nós temos momentos ruins e antipáticos, ué. Faz parte da vida.

Apesar de a minha mãe ter insistido 986 vezes para que ele subisse, Gaspar preferiu conversar comigo a sós no hall da portaria.

Mal saí do elevador e ele veio na minha direção com olhar de filhote de panda. "Claro que eu te desculpo pela grosseria e pela falta de tato de ontem à noite", eu quase disse para ele, derretida, antes que ele verbalizasse qualquer coisa.

Na maior mudez, ele pegou meu rosto, me deu um beijo meio sem graça, e disse:

— Eu não posso te enrolar. Gosto de você demais, mas não posso me ligar a ninguém agora. Queria te dizer isso olhando no olho, sem barulho, sem gente em volta. Acho que ontem eu fui grosseiro, não fui claro como eu queria, não disse o quanto eu gosto de você. Gosto mesmo, de verdade. Mas namorar você... não rola. Não rola mesmo. Não! Isso não! Não acredito que você me deu flores e me fez sair de casa para me dizer isso! Que cara mais sem alma, sem coração! Quem você pensa que eu sou? Hein? Hein?, era o que eu planejava perguntar a ele, logo em seguida.

— Mas... mas... mas eu... eu achei que você e eu... que... que eu e você... q-q-que a gente podia... Burra! Burra! Por isso dizem que paixão deixa a gente burra! E cega! E gaga, eu tinha acabado de descobrir. Vê lá se isso era coisa para se falar? Aquela Teresa não era eu! Era uma Teresa bobona, chorona e de coração mole, eu não gostava nem um pouco dela. Preferia a outra, que não ligava para assuntos amorosos e estava mais a fim de se divertir do que de qualquer outra coisa.

— Eu também, eu também acho que você e eu daríamos um casal muito legal, mas...

Droga, porcaria de "mas" sempre atrapalhando meus planos, minha vida! Palavra mais inconveniente!

— ... eu não estou preparado para ter nenhum tipo de relacionamento agora. E não é nada com você. É comigo. Preciso de um tempo para mim, preciso ver como fico sozinho, se sei ficar sozinho...

E preciso aproveitar minha solteirice, já que as cariocas são bem mais soltinhas que as americanas, e preciso beijar na boca, porque sou bonito à beça e sei disso, e preciso sair com meus amigos, e preciso ir ao Maraca, blá-blá-blá, foi o que provavelmente ele dizia, porque àquela altura eu não escutava nada, só o barulho do vulcão que explodia raivoso dentro de mim.

— Me desculpe... — ele terminou, de cabeça baixa.

— Acho que daríamos um casal legal, gosto de você de verdade, mas a hora não é agora.

Tudo isso, atenção!, tudo isso na minha PORTARIA! Ele sequer se deu ao luxo de ter aquela conversa comigo em outro lugar, em outra portaria, que fosse. Ou no jardim do meu prédio! Agora a língua do Severino se encarregaria de dar sua versão para todo o condomínio sobre o pé na bunda que eu levei na sua frente.

A verdade é que eu não estava nem aí para o Severino! Queria que ele evaporasse com as lavas do meu vulcão. E junto com o Gaspar! E que os dois queimassem e ardessem juntos por longas, sofridas, dolorosas e intermináveis horas.

Ai, não! Não desejava isso para o Severino, coitado. Só para o Gaspar, mesmo.

— É isso, então? — perguntei, antipática, com o último resquício de dignidade que eu tinha, segurando as lágrimas com todas as forças.

— É isso — o idiota desalmado respondeu.

— Então tá. A gente se vê. Tchau.

Virei as costas, peguei o elevador e subi.

Por um lado achei ótimo. Pronto! Aquela história que mal havia começado agora tinha acabado de vez. Melhor assim. Eu estava livre de novo, livre para sair, para voar, para aproveitar minha solteirice, minhas amigas, os solteiros, a praia...

Bati a porta, não sem antes pendurar na maçaneta meu aviso "Garota irada. Não entre nem se for convidado (a)", dei um grito cinematográfico, um tanto exagerado, de dor, caí na cama e decidi: nada de choro!

— Esse garoto não merece nem uma lágrima! — gritei, diva.

Logo em seguida abri o berreiro e a represa. Nossa, como tinha água dentro de mim! Era lágrima para tudo quanto era lado, em dois tempos meu nariz parecia uma bola de futebol e meus olhos pareciam dois hambúrgueres.

Eu estava mesmo apaixonada pelo insensível do Gaspar. Porcaria! Quanto tempo a gente demora para esquecer uma paixão?, era tudo o que eu queria descobrir.

Passaram-se dias e eu só queria saber de escola-cama-cama-escola. Fiquei triste e emburrada em casa durante um mês, não queria nem saber se estava sol ou nublado, se o Fluzão tinha ganhado ou perdido. Eu era o retrato da menina abandonada por seu grande amor. E, que sacanagem!, eu nem tinha vivido esse grande amor. Que mundo injusto!

Aquilo estava indo longe demais. Ficar em casa não combinava comigo, repetiam minhas amigas a todo tempo. Acreditei. E me perfumei, me aprumei, me olhei no espelho 789 vezes e saí toda linda (devastada por dentro, mas uma fortaleza por fora).

Segundo os preceitos da principal Lei de Murphy, "se uma coisa pode dar errado, dará", minha primeira noite pós-trauma-Gaspar foi uma lástima. Assim que pus os pés no Flowers in The Sky, *point* novo da Barra, dei de cara com o quase-gringo que devastara meu coraçãozinho tão legal.

E pior! Ele estava beijando uma menina que devia ter idade para ser filha dele, de tão pirralha.

— Um cara velho desses com uma garotinha de 13 anos? Fala sério! — reclamei.

— Ele está longe de ser um "cara velho" — disse Tuca, pacientemente.

— E a menina com ele não tem 13 anos, deve ter uns... — Clara continuou.

— Quinze! Pode dizer, Clara, pode dizer! É uma idiota! Os dois são idiotas! Megaidiotas! Ultraidiotas! Precisavam ficar se beijando aqui, na frente de todo mundo? Só para se mostrar?

Eu acabei me transformando em Teresa, A Mala. Estava uma vaca com minhas amigas, só dava patada nelas, estava absolutamente insuportável, nem eu me aguentava. Quis ir embora, mas as meninas sabiamente removeram essa ideia da minha cabeça.

— Quer mostrar para ele que ele te atinge, é isso? — repreendeu-me Clara.

Tá! Que saco ter amigas tão... fofas. Tadinhas, elas foram tudo para mim naquele período lamuriento e eu pronta para xingá-las.

Mais um mês se passou e eu não parava de esbarrar com o Gaspar. Na praia, no cinema, no shopping, na sorveteria, nas festas. Na Barra, em São Conrado, em Ipanema, no Leblon. Sempre com amigos. Sempre olhando todas e sendo muitíssimo olhado.

Doía vê-lo nos braços de meninas que ele mal conhecia e que jamais conheceria a fundo. Mas eu me mantinha no salto.

Outro mês passou e, com o tempo, eu já nem estrilava em vê-lo. Vê-lo com outra era chato, claro. Chatíssimo. Mas eu pensava comigo: "Amor, seu sentimento traiçoeiro, abandona este corpinho que não te pertence! Sai! Sai!", e conseguia até sorrir para o garoto. Mais tarde, consegui até dar dois beijinhos nele!

Em quatro, cinco meses, ainda doída na alma e na bunda que levou um coice, eu, aos poucos, me acostumava com a vida de amar sem ser amada.

Tal qual uma novela, dessas em que todos os personagens sempre se encontram casualmente num restaurante, como se no Rio tivesse apenas um restaurante, esbarrei com o Gaspar de novo. Não num restaurante, mas numa casa de sucos. Ele sozinho. Eu sozinha. Ele tinha ido à Barra visitar uns amigos, eu estava indo me matricular num curso de espanhol.

— Oi... bela — ele disse, imitando meu jeito de falar. Sempre me referi às pessoas como "belo" e "bela". Antes de virar para retribuir a maravilhosa saudação, abri um sorrisinho feliz, feliz, feliz. E, pela batida do meu coração, percebi que o chato daquele menino ainda mexia, e muito, comigo.

— Oi... belo... — respondi, maliciosamente sedutora.

Burra! Burra, mil vezes burra! Eu sei! Aquilo não era hora para seduzir, era hora para fazer jogo duro, duríssimo.

— Está fazendo alguma coisa importante?

— Não, estou voltando da casa de uma amiga — menti. A matrícula podia esperar. — Por quê?

— Não quer me fazer companhia? Vou tomar uma tigela de açaí.

— Claro.

Fora por água abaixo toda a certeza que eu tinha de que jamais sairia com ele de novo, jamais beijaria de novo aquela boca macia, jamais olharia novamente com os mesmos olhos para aqueles olhos lindos.

Enquanto esperávamos, Gaspar me botou contra o balcão e me roubou um beijo daqueles. Sei que não devia, que devia ter feito jogo duro, mas... ah!, nessas horas a gente pensa com o coração (ou seja, não pensa). Ficamos um bom tempo de mãos dadas. Ele devorando o açaí. Eu, saboreando meu suco de morango com tangerina. Entre beijos com gosto de fruta e olhares derretidos, reatamos nossa amizade, nossa conexão, nossa química. E que química!
Dali em diante passamos a ficar toda vez que nos encontrávamos. Tudo muito light, sem compromisso ou cobranças. O período mulherengo do Gaspar parecia ter passado de vez e o quase-gringo começava a dar sinais de que o que ele queria mesmo era um colo para chamar de seu.
E eu dei o meu para ele.
Ele me ligava diariamente. Eu ligava para ele diariamente.
— E aí? Estão namorando? — minha mãe perguntava pela nonagésima quinta vez.
— Não, mãe! A gente está só ficando!
Mas era mais que isso. Eu sabia. Ele sabia. Minha mãe sabia. A gente só não assumia que sabia. Ficamos uns três, quatro meses cada vez mais juntos até nos declararmos perdida e oficialmente apaixonados.
Éramos o retrato do casal feliz. Ele precisava do tempo que passou sozinho. Eu precisava amadurecer aquele sentimento estranho que me queimava a barriga e se chamava amor.
Em oito meses de namoro, nós não nos desgrudávamos, vivíamos juntos para cima e para baixo. Com ou sem amigos por perto, mas sempre unidos.

Um dia, minha mãe sugeriu que eu chamasse o Gaspar para ir para a nossa casa na serra. Lá tinha a "casa dos adolescentes", vizinha à casa principal, em que ele poderia ficar.

Pedi para chamar a Clara e o namorado dela e lá fomos nós para Petrópolis. Tivemos a chance de ficar sozinhos entre quatro paredes quando meu pai decidiu sair às pressas para comprar um carro antigo (que ele coleciona desde que eu me entendo por gente) num ferro-velho na estrada para Juiz de Fora.

Mas eu não quis. Sonhava com algo mais especial para uma relação especial como a nossa. Não podia ser com pressa, com medo de que chegasse alguém. Pensei bem e cheguei à conclusão de que nossa primeira vez merecia ser a melhor, a mais tudo de bom, a mais romântica...

Na noite seguinte, já em solo carioca, Gaspar e eu fomos para uma festa de aniversário na casa de um amigo dele, no Leblon, e os beijos esquentaram como nunca. Marcamos de comemorar nosso nono mês juntos no Jardim Botânico.

Fomos ao parque e, de lá, partimos rumo à cachoeira onde tudo começou. Como estava vazia, rolou ali mesmo nossa primeira vez, cercada de verde, arbustos providenciais e muita paz.

Ninguém chegou, ninguém passou (se passou não fez barulho), nem os mosquitos atazanaram. Ficamos lindamente a sós, num momento que eu jamais vou esquecer, a água da cachoeira caindo, nossos corpos unidos num amor que eu jamais imaginei que conseguiria sentir, de tão grande e intenso...

Minha primeira vez foi extraordinária. Mais que isso. Tudo deu certo, a cumplicidade e o carinho eram tantos que parecia que fazíamos aquilo há anos. Gaspar foi paciente, carinhoso, e eu nem fiquei nervosa. Foi natural como deve ser. Sem dor (quase), sem medo.

Ficamos juntos por mais cinco anos. Bastante coisa, né? Depois que entramos na faculdade a relação começou a amornar e o Gaspar a se distanciar.

Hoje, é com grande orgulho que digo que aquele amor enorme e com cara de eterno deu lugar a uma amizade maravilhosa.

Eu dou até conselhos amorosos para ele, que ficou ainda mais bonito com o passar dos anos e voltou a tomar gosto pela arte de beijar mulheres variadas. Ele diz que ainda sente ciúmes de mim e não é maduro o bastante para me dar dicas masculinas.

Mesmo depois de tanto tempo, ainda existe uma bolsa de apostas que prevê a nossa volta. Já ensaiamos voltar algumas vezes, mas, na boa, acabou. O encantamento acabou. Terminamos sem mágoa, com o respeito intacto de um pelo outro.

O amor da minha vida virou o amigo da minha vida. E eu sou muito feliz com isso.

Mesmo porque acabo de conhecer um cara que... ah! Deixa para lá. Isso já é outra história, fica para uma outra vez.

Clara

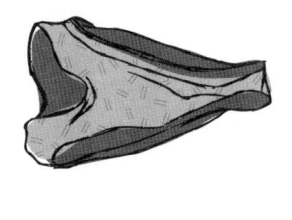

$\mathcal{E}$ra mais um dia definitivamente feliz na minha vida. Não bastasse meu namorado perfeito e minha vida perfeita (meus pais não eram perfeitos, mas nem tudo é perfeito), eu tinha conseguido passar 24 horas seguidas sem dar uma mordida sequer num chocolate. Ou seja, meu peso estaria, muito em breve, em questão de dias, praticamente perfeito.

Perfeito para os meus padrões, veja bem! Nunca gostei de mulher esquálida, mulher Olívia Palito, varapau. Não sou, nem era muito de seguir moda, gostava de ir contra a moda. Quem essa moda pensa que é para me dizer o que eu como, o que eu visto e o que eu bebo?, eu questionava.

O Cabelo, meu namorado da adolescência, graças à minha dileta deusa do amor, Afrodite, nunca gostou de magrelas. Sempre gostou de... conteúdo... se é que você me entende. E eu sempre fui, modéstia à parte, a Rainha do conteúdo, Rainha com maiúscula mesmo, para ficar bem imponente. Além do conteúdo fora de série, eu era a Rainha da piadinha no fundo da sala, das tiradas engraçadas e inteligentes, dos comentários espirituosos. Meu dia infinitamente feliz seguia mais feliz a cada segundo. Mais cedo, no supermercado, eu protagonizara um feito e tanto: soube diferenciar, pela primeira vez, alface de rúcula, que eu chamava, respectivamente, de samambaia e espada-de-são-jorge antes de entrar para o Vigilantes do Peso.

No Vigilantes, minha vida mudou. Em menos de três meses, perdi seis quilos. Seis quilos! Para o meu padrão de perfeição, ainda precisava perder mais uns sete, oito, mas estava tão feliz, tão feliz, que, pecado dos pecados, permiti-me dar uma passada de dedo na cobertura da torta-mousse de chocolate que mamãe tinha comprado.

Minha relação com açúcar sempre foi compulsiva, doentia, sofrida, cheia de culpa. Mas eu amava doces. E os doces, definitivamente, não me amavam. Eu comia um e engordava como se tivesse comido trinta. Em compensação, a vacona da Tuca (que eu amo, mas sempre foi magra de ruim) comia trinta doces e parecia que não tinha comido nenhum. Para mim sempre foi um mistério a magreza da Tuca.

O Cabelo iria jantar lá em casa naquele dia infinitamente feliz. Mais uma vez eu tentaria fazer com que minha adorável família gostasse do meu adorável namorado de mais de um ano. Um ano!

— O que é que esse garoto tem a acrescentar na sua vida, Clara? — mamãe puxava assunto, suuuupersimpática.

— Amor, mãe! Isso não é mais que suficiente?

— Amor, amor... desde quando amor é importante? Não vê quanta gente vive se separando logo depois de casar?
— E quem disse que eu vou casar com o Cabelo? Eu só tenho 16 anos, nem penso em casamento!
— Mas do jeito que a coisa está, é esse o futuro que nós vemos e não queremos para você, minha filha — papai se intrometia, pela primeira vez.
— Fiz rabada, espero que esse menino coma rabada.
— Rabada? O Cabelo é vegetariano, mãe!
— Iiih... Já era...

Ela nunca admitiu, mas, claro, fazia de propósito. Toda vez que o pobre do Cabelo ia comer lá em casa era a mesma coisa. Mamãe inventava de fazer carnes de todos os tipos: cabrito, javali, cordeiro, vitela... sempre "esquecia" que ele era vegetariano. Para acompanhar, arroz e farofa. Só. Crueldade! A comida mais seca e sem graça da face da Terra ela servia para o meu namorado perfeito! Desejava, nitidamente, espantá-lo pelo estômago.

— Não tem uma saladinha, dona Inês? — pedia Cabelo, todo sem graça.

— Salada? Tem, sim. Espera aí, que vou pegar — reagia minha mãe, com a pior vontade do mundo, antes de se dirigir para a cozinha, resmungando, a antipatia em pessoa.

Um namorado preocupado com a saúde, e eu o oposto do padrão de beleza reinante. Mas o Cabelo não ligava, como já disse. Gostava de garotas com, digamos, recheio farto.

Ele era guitarrista de uma banda de rock-pop-maracatu-forró-eletrônico, inacreditavelmente batizada de "Ilusões Estapafúrdias do Novo Mundo", que os fãs abreviaram para *Ilu*. "*Bora* no show da *Ilu*?", "A *Ilu* vai tocar nesse fim de semana!".

Eles mereciam. Quem mandou escolher um nome tão bizarro? Avisei algumas vezes que com um nome desses eles estavam fadados ao fracasso. Ninguém me ouviu, os integrantes queriam um nome com atitude rock and roll, seja lá o que isso signifique. Porque esse nome tem tudo, menos atitude rock and roll, né não?

O Cabelo tinha 18 anos, morava com os pais, era simpático, engraçado, tocava bem pra caramba e acreditava bravamente no sonho de viver profissionalmente de música.

Eu admirava nele a disciplina, o rigor com que regava sua vocação. De sorrisão no rosto, ele acordava de madrugada para tocar seu violão horas a fio, era viciado em música.

Isso me derretia. Essa certeza do que ele queria fazer na vida (eu nem suspeitava naquela época), a vontade de viver criando, o que deve ser um baita privilégio... ele era ou não era perfeito? E era bonito pra caramba, tinha sobrancelha grossa, não era nem muito alto nem muito baixo, todo musculoso, saradinho, bundinha empinada, braço forte, másculo, traços bem definidos e uma *tattoo* em cada braço. Uma boca carnuda, uma carinha de bebê extraordinária, um par de olhos pretos, pretos, pretos e um solo de guitarra capaz de conquistar qualquer mulher. Ah, sim! Tinha um cabelo espesso bem preto, meio cacheado, pelo qual morria de amores, ninguém podia tocar, mexer nas suas melenas. Não demorou muito para que ganhasse o apelido que carrega até hoje.

Seus pais davam a maior força para a sua vocação artística, e eu achava isso o máximo. Meu pai queria que eu fizesse Medicina, para herdar seu consultório. Minha mãe gostaria que eu me tornasse uma mulher mais prendada, para seguir seus passos de dona de casa de sucesso. E meu sonho era trabalhar com biologia marinha, veja você. Hoje sei que, se não tivesse seguido minha vontade, seria a pessoa mais infeliz do mundo.

Tentei fazer Direito, sempre gostei de falar, de escrever... pensei que bastava para me formar, passar num concurso e ganhar meu dinheiro no fim do mês. Mas achei a faculdade um tédio, só aguentei fazer dois períodos. Não consegui me enxergar fazendo qualquer coisa ligada ao que aprendia nas aulas e vi que cifras não seriam o ingrediente principal para eu me tornar uma mulher realizada profissionalmente.

Os pais do Cabelo eram muito mais legais que os meus. Incentivavam o filho a ser feliz, diziam que a gente está neste planeta para ser feliz. O Cabelo tinha um adesivo na janela que dizia: "A vida é curta. Curta." E é isso mesmo!

O Cabelo começou a trabalhar antes mesmo de fazer 18 anos. Determinado, fez um curso de DJ, criou uns panfletos, imprimiu, distribuiu pelo condomínio, pela escola e por todos os lugares com gente e, de uma hora para outra, passou a fazer o som de várias festas. Primeiro no condomínio, depois em outros pontos da Barra, do Recreio, de Jacarepaguá. Com apenas três, quatro meses de carreira ele já começava a fazer um bom pé-de-meia botando para tocar o que o pessoal na pista queria ouvir.

Mas o barato dele era criar música, não apenas tocá-la. O que o fazia feliz era pensar com os dedos na guitarra ou no violão, passar horas a fio experimentando, ousando, corrigindo, mudando, quebrando a cabeça com notas e acordes. Eu era apaixonada por isso. Via foto dele, sorria. Lembrava dele compondo, sorria. Pensava nele, sorria.

Minha mãe, por sua vez, pensava nele, morria. De ódio.

— O garoto é músico. Ou seja, burro, OPTOU por ser pé-rapado. E os pais não fazem nada, vão deixar o menino fazer faculdade de Música. Isso lá é faculdade?

— Eles acreditam no talento dele e sabem que o Cabelo vai vencer. Isso é difícil de entrar na sua cabeça pessimista?

— Ninguém que se chama Cabelo pode vencer, minha filha. E viver de música é lindo em sonho, mas quantas pessoas você conhece que vivem de música?

Nenhuma, eu não conhecia nenhuma.

Droga!

Que raiva!

Um nome! Só precisava de um nome!

E não adiantava dizer os vários nomes que me vinham à cabeça: Frejat, Zeca Pagodinho, Nando Reis, Luan Santana, Pitty, Marcelo Camelo, Christina Aguilera, Avril Lavigne, Nelly Furtado, Beyoncé, Tony Belotto, Chico Buarque, Britney Spears, Madonna, Ivete Sangalo. Droga! Tinha de ser uma pessoa do meu convívio, que eu visse sempre, que eu pudesse tocar, falar...

Se tivesse, eu daria um milhão de dólares a quem me soprasse um nome, um nomezinho que vivesse de música, que eu conhecesse, que ELA conhecesse...

Porcaria! Não me lembrei de nenhum.

E fiquei irritada. Afinal, era um acinte ter pais tão ligados em grana como os meus.

O Cabelo vivia implicando com a minha desafinação. Mas eu adorava cantar com ele, improvisar chocalhos com arroz e copos de plástico para acompanhar as músicas nos saraus que ele e o pai (que também tocava muito) promoviam em seu aconchegante apartamento. Apartamento onde, obviamente, eu nunca nem cogitei a ideia de dormir. Minha mãe me mataria.
Eu era virgem. E feliz.
Até hoje não sei explicar por que fiquei virgem tanto tempo se já tinha encontrado um namorado mais que bacana. Coisas de adolescente. Medo, insegurança, aquele blá-blá-blá todo.
O Cabelo nunca encrencou com a minha virgindade. A gente se divertia bastante mesmo sem chegar aos *finalmentes*. Com isso, eu ia adiando, adiando, adiando... e ele não se importava.
— Quando você estiver pronta é só falar. Sem pressa, sem pressão — ele dizia.
Lindo, não?
E ainda era carinhoso, estava sempre me fazendo cafuné, me abraçando, me pegando no colo, cozinhando para mim. Cozinhando, ou seja, fazendo comida, comida!, que era a coisa que eu mais amava no mundo depois dele.
O problema é que nunca ficávamos sozinhos, só nós dois. A não ser quando eu ia pra casa dele, porque na minha casa minha mãe grudava na gente puxando os assuntos mais absurdos, só para não deixar a gente namorar.
— Cabelo, você viu na tevê o documentário sobre reprodução das aranhas caranguejeiras? — ela perguntava.
— Não vi, não senhora.

— Ah, que pena! Não tem problema, vamos falar dele mesmo assim. Você acredita que quando a aranha macho e a aranha fêmea copulam...
E assim por diante.
O rumo da conversa mudou no dia em que a Teresa me ligou, chamando para um fim de semana na serra. Os pais dela, que sempre foram bacanérrimos, iriam para a casa de campo da família em Petrópolis.
Meus pais estrilaram o quanto puderam, mas deixaram que eu viajasse com o Cabelo com a condição de que a mãe da Teresa me pusesse para dormir o mais próximo dela e o mais distante dele, de preferência no extremo oposto.
A tia Juraci jurou para minha mãe que não nos deixaria a sós nem um segundinho. Mamãe, claro, confiou em sua palavra, pois sabia que a Teresa, também virgem na época, iria com o namorado.
Meu pai teimava:
— Isso é uma maluquice. Esses dois vão ficar sozinhos uma hora, e não vai dar em boa coisa — sofria ele.
Que porcaria vida de adolescente! Você não pode fazer nada (embora ache que tem o direito de fazer tudo) e sua vida é controlada e vigiada por pessoas que acham que têm esse direito só por serem seus pais!
Minha mãe argumentava:
— Se a gente proibir esse namoro ela fica mais apaixonada. Se a gente deixar, fingir que não está nem aí, já, já ela enjoa desse cara. Conheço meu eleitorado.
Ledo engano. Mamãe não me conhecia nada.
Um espanto.
Olhando para trás, percebo que meus pais não deviam ter muito que fazer, preocupavam-se demais com

a minha relação e o futuro dela. Mas nunca refletiam no bem que ela me fazia no presente.

Com o Cabelo, fui apresentada a um mundo de músicos, músicas, cantores, histórias peculiares, gente bem informada, culta. Era ótimo estar com ele e com os meus amigos, era bom estar com ele e os amigos dele, era uma delícia, acredite, estar com ele e os pais dele.

Várias vezes eles fizeram vista grossa e descumpriram o prometido a minha mãe, de que ficariam de olho em cada passo da gente. Às vezes, a mãe do Cabelo aproximava-se da porta, encostava e dizia, baixinho:

— Juízo, hein? Mas não exagerem!

Com isso, eu me sentia mais em casa na casa dele do que na minha própria casa.

Minha mãe nem suspeitava de que burlávamos suas ordens. No começo do namoro, ligava para o meu celular de cinco em cinco minutos. Uma chata. Depois, viu que não tinha mais jeito e parou de marcar em cima.

Nós éramos o que se chama por aí de casal feliz.

Sei que muita gente dizia pelas minhas costas:

— Não acredito que o gatinho do Cabelo está com a gorda da Clara!

— É... tem gosto para tudo!

A minha reação? Eu não estava nem aí. Podiam falar o que quisessem, eu era feliz e não ligava a mínima para a opinião alheia.

Mentira! Uma mentira deslavada! Escancarada!

Eu ficava arrasada, devastada, morta por dentro com esses comentários que eu fingia desconhecer, mas tentava reagir fingindo (até para mim mesma) que desdenhava deles.

Nessas horas, em que o peso da balança pesava também no meu humor e na minha autoconfiança, o Cabelo me dava a maior força. Ia me buscar no colégio, me agarrava na frente de todo mundo e me dava beijos cinematográficos. Era tão bom...

Eu tentei até malhar para ver se queimava um pouco de gorduras e pelancas (ah!, pelancas, sim! Eu tinha pelancas! Fazer o quê?) para chegar o mais próximo possível do tal padrão de beleza que tanto pregam as revistas.

Só que academia, definitivamente, não era para mim.

— Vamos, Su! Eu já falei com a Tê, com a Ma, com a Ju e com a Si e elas todas vão! Já temos a pulseira e a camiseta VIP, só falta o broche hipermegasuper VIP para entrar no camarote VIPVIPVIpééérrimo. Parece que todos os ex-BBBs confirmaram presença! Vai ser tuuudo de bom, o elenco in-tei-ro de Malhação vai estar lá! U-hu!

— Ah, Rô... não sei... quem foi que conseguiu convite para essa festa?

— A Vi, que agora faz a prima da vizinha da irmã da sogra da protagonista de Malhação.

— Caraca, já, já ela vai passar a frequentar festas, vai para a Ilha de Caras e vai virar amiga de infância da Angélica, do Lu, da Xu e da Sasha! Que inveja! — disse uma delas.

— Que nada! Cá entre nós, a Vi quase não aparece e nunca teve uma fala, mas dizem que está rolando um clima nos bastidores e que daqui a pouco o papel dela cresce. Entendeu?

— Hum...

Dar de cara com essas vizinhas vazias de esteira era o fim! Se eu estivesse perdida numa ilha deserta com elas, depois que o mundo inteiro tivesse acabado, mes-

mo que elas fossem as únicas sobreviventes, eu não conseguiria trocar duas palavras.
Um dia, uma chegou e disse, em si bemol:
— Gente, gente, genteee! Adivinha quem a Lu acabou de ver no restaurante?
— Quem? Quem? Quem? — disseram Ba e Si (ou Bé e Lá, vai saber)
— O João Ubaldo Ribeiro!
Com cara de espanto, as duas exclamaram, em uníssono:
— Nããão!
— Siiiim! — respondeu a Mi (ou Mé ou Ká, quem liga?), que chegara com a notícia.
— Quem é João Ubaldo Ribeiro? É gato? Que novela ele faz? — quis saber, baixinho, a sílaba da direita.
— Ele não é ator, sua besta! — bronqueou a outra sílaba, para meu alívio. — É apresentador de televisão! Tipo Faustão! Ô, mulher desinformada!
— Tipo Faustão? E que graça tem ver um cara 'tipo' Faustão? Ou é o Faustão ou não é o Faustão! A Lu contou a história tão entusiasmada que fiquei sem graça de dizer que não sabia quem era. Por que tanta emoção, então? O que é que tem de especial ver esse cara? E que mundo injusto! Se ele é tão famoso, por que ELA e não a gente viu?
Precisei me meter:
— Desculpe, não pude deixar de ouvir a conversa de vocês... João Ubaldo Ribeiro é um escritor muito bom, imortal. Vocês deviam...
— Escritor!? Escritor? Fala sério! E por que a gente deveria conhecer um escritor?
— A gente nem lê! — disse uma, rolando de rir.

— Pois é! A Lu é louca! Louca! Louca! Louca! Rááá-rárrá! — divertia-se uma terceira.
Risos e mais risos. Uma alegria infindável. Uma piada engraçadíssima parecia que eu havia dito. E eu com vontade de sumir dali.
Longe de mim pensar que em academias só existem diálogos do tipo narrado acima, a minha experiência é que não foi boa. Estar lá, afora ter de ouvir tantas pérolas, não combinava comigo, não era eu, não me fazia feliz. Nunca gostei do cheiro de academia, das pessoas de academia, dos aparelhos de academia, dos espelhos de academia. Olhar para eles e ver as saradas ao lado e logo em seguida o meu corpo rechonchudo me fazia mal, eu não precisava ter aquele corpo para ser feliz, a quem eu queria enganar?
Se eu emagrecesse, ótimo, especialmente para a minha saúde, se não emagrecesse, tudo bem também! Mas havia outros caminhos, dieta, reeducação alimentar, caminhadas e exercícios ao ar livre... isso, sim, tinha muito mais a minha cara. Saí da academia ao fim do terceiro mês. Até que aguentei bastante.
O Cabelo era um fofo. Apoiava toda e qualquer ideia que eu tivesse, estava sempre ao meu lado dando a maior força, fazendo cafuné. Que cafuné gostoso, o do Cabelo. Ele era bom com cabelos, sem sombra de dúvidas. Apreciava-os, sabia acariciá-los, cheirá-los, tocá-los, arrepiá-los.
Eu estava sentindo que logo rolaria nossa primeira vez. No frio, na neblina, no verde de Petrópolis. Ai, será? Não... Não ia dar, com os pais da Teresa lá... É, definitivamente minha primeira vez não rolaria na serra. Mas seria especial em qualquer lugar, eu tinha certeza.

A casa de Petrópolis era realmente fora de série, mas a mãe e o pai da Teresa marcaram pesado em cima de nós quatro, não deixaram ninguém sozinho, nem para ir ao banheiro. Foi assim na sexta, quando passamos a noite jogando *Desafino* (um jogo em que se cantarola o bom e velho lará lará para o seu grupo adivinhar o nome da música), no sábado, até no domingo, dia de voltar à civilização. Os dois passavam 24 horas colados na gente.

Enquanto os meninos dormiam na "Casa dos adolescentes" — uma casinha de madeira separada da casa principal, que o pai da Teresa construiu assim que eles compraram o imóvel, quando ela tinha uns 10 anos —, eu e a Teresa dormíamos trancadas no quarto deles, em dois colchonetes bem mixurucas.

Domingo pela manhã, os dois cães de guarda (que atendiam pelo nome de casal Azevedo) ainda zelavam por nossa virgindade com todo carinho e amor.

Mas um imprevisto aconteceu.

No começo da manhã, embora tivéssemos ficado até as quatro da madrugada jogando uma partida de buraco eletrizante, eu e a Teresa acordamos cedo, pouco depois dos pais dela.

Descemos para tomar café, os meninos ainda dormiam. Tia Juraci estava um caco, ela e o marido perderam feio no carteado. Tolinhos, não sabiam que dois desatentos não podem jogar juntos. Eu e o Cabelo, atentos, entrosados, cúmplices e brincando com nossos pés maliciosamente sob a mesa, ganhamos todas e no fim de semana seguinte eu e ele faturaríamos uma pizza de pepperoni no lugar que escolhêssemos, era esse o combinado.

Tia Juraci criticava a atuação do tio Elter no baralho (inclusive com ataques certeiros contra seu método de embaralhar), Teresa bocejava e eu folheava o jornal quando o telefone tocou.

A empregada da família, dona Cleonice, atendeu.

— O doutor Elter está tomando café, seu Ony. O senhor pode ligar...

— Eu atendo! Eu atendo! Eu atendo! — O pai da Teresa, visivelmente agitado, pulou da cadeira.

Mãe e filha entreolharam-se com cara de desânimo, como se soubessem exatamente o que viria após o telefonema. Animado, tio Elter respondeu:

— Claro que vou com você! Em dez minutos eu estarei no portão à sua espera.

Mais uma vez, as duas se lançaram olhares de tédio. Definitivamente, elas sabiam do que se tratava.

— Onde é que você pensa que vai, Elter? — reclamou tia Juraci, autoritária.

— Num ferro-velho no caminho de Juiz de Fora. O Ony descobriu que lá tem um De Soto 48! Um De Soto 48, amoreco! — exclamou tio Elter, que parecia estar numa espécie de surto.

Na minha cabeça de 16 anos apenas um pensamento, o que você provavelmente também está pensando neste segundo: que diabos é um De Soto 48?

Explico: De Soto era uma divisão da Chrysler que teve carros produzidos até o início da década de 60 cuja marca foi inspirada no explorador espanhol Hernando De Soto. O tio Elter colecionava carros antigos e era especialmente aficionado por De Sotos, como tantos outros lunáticos mundo afora.

Comprava-os ferrados só para reformá-los e um dia, quem sabe, andar num deles. Levava meses, anos e anos consertando e remontando os carros. Na garagem de Petrópolis, para seis veículos, tinha vaga para um só, as outras estavam ocupadas desde sempre por cinco, como direi?, quase-carros: três De Sotos, um Cadillac e um Karmanghia.

Eu achava aquilo uma maluquice, mas colecionar é uma espécie de maluquice, né não? Bom, ele era fascinado por carros, quanto mais velho melhor. E esse De Soto era um primor, uma relíquia, uma raridade de quatro rodas. Ele precisava vê-lo urgentemente.

Tia Juraci decretou:
— Eu vou com você.
— Para quê? Não inventa, Juraci! Quem é que vai ficar com as crianças?
— A dona Cleonice fica com as crianças. E os meninos ainda estão dormindo, manhã não me preocupa, o que me preocupa é a noite, você sabe. E noite, agora, só no Rio, cada um na sua casa. Além disso, você não pode ir sem mim, Elter, você é péssimo negociante, não sabe pechinchar, paga sempre mais que devia! Não aguento mais te ver rasgando dinheiro!
— Então ande logo, vá se arrumar porque o Ony chega em dez minutos!

Comentário número um: que tolice tia Juraci tinha acabado de dizer. Por que os pais têm mania de achar que sexo só rola de dez da noite em diante? Sexo pode rolar em qualquer lugar, a qualquer hora! Até parece que eles não tiveram adolescência!

Comentário número dois: era bonito ver os olhos do tio Elter brilhando. Para ele, o tal De Soto era um brinquedo novo. Mais: era a possibilidade de ver e comprar um brinquedo novo.

Depois a Teresa me contou que ele tinha um carinho especial por um De Soto conversível de 1960, que

só havia comprado porque se apaixonara pelo volante. Pelo volante! Desde pequena eu escuto: "Em breve nós vamos passear pelas ruas do Rio a bordo deste carro, meninas, me aguardem."
Nunca quisemos, claro. Era sempre um mico passear num dos carros do tio Elter. Todo mundo acenava e dava tchau para a gente na rua. O bom é que ele ainda ganhava uma graninha (não que ele precisasse, era um gastroenterologista renomado) alugando os carros para eventos badalados, filmes, novelas e minisséries.
Mas chega de falar sobre carros, eles não me interessavam nem um pouco naquele momento. Estávamos sonolentas, mas captamos o sinal. Ficaríamos sozinhas, sem marcação cerrada, por algum tempo. Um bom tempo.
Tempo bastante.
Dessa vez foi para mim que Teresa olhou com cumplicidade.
Será o cupido fazendo sua parte?, eu cogitava.
Pelo sim, pelo não, Teresa achou melhor checar. Gritou para a mãe, que já se arrumava no quarto, no andar de cima:
— Onde é esse lugar que vocês vão?
— No caminho de Juiz de Fora! Em uma hora, uma hora e meia, no máximo, estaremos de volta. Mas deixem tudo prontinho, arrumem as malas logo para não ter correria.
Em dez minutos, o pontualíssimo amigo do tio Elter buzinou. Tio Elter babava, mal piscava, mal acreditava que estava prestes a ver um De Soto 48. Até eu estava empolgada com esse carro, só de vê-lo tão empolgado.
Deram um beijo na gente e saíram esbaforidos.

— Clara e Teresa! — berrou tia Juraci do portão, com toda potência dos pulmões. —JUÍZO, hein?
— Pode deixar! — respondemos em coro.
E, de um segundo para o outro, estávamos sozinhas, com nossos namorados ao alcance das mãos.
— Vamos? — eu sugeri.
— O quê? — Teresa, pateta, perguntou.
— Acordá-los!
— Não! Não... não quero... Ou quero? Não... Será? — hesitou Teresa. — Não, não tenho coragem de fazer isso aqui, na casa dos meus pais, enquanto eles não estão...
— Acorda, Teresa! Não sei se vou ter uma chance tão perfeita quanto essa. Longe de casa, relaxada... — comentei.
— Clarinha, se você acha que a hora é essa, se a vontade bateu, não perca tempo, vá logo acordar seu príncipe! Vocês se amam! Acho até que minha mãe vai ficar feliz quando souber que sua primeira vez foi aqui.
— Louca! Você não pode contar isso para a sua mãe! Pelo amor de Deus, promete que não vai contar? É segredo nosso! Por favor! Vou morrer de vergonha se sua mãe souber.
— Tá! Tá bom! Anda logo, menina, está aí perdendo tempo! Vai acordar o seu Romeu!
Segui o conselho da Teresa e corri para a casinha adolescente. Me bateu uma vontade louca, inexplicável e inédita de perder a virgindade. Bati na porta.
Uma, duas, três vezes. Estava afobada, uma hora, uma hora e meia não era tanto tempo assim. Na verdade, não sabia se era muito ou pouco tempo. Principalmente para uma primeira vez.

Ofegante, bati com toda a força, como se quisesse derrubar a porcaria daquela porta.
Como nada acontecia dentro da pequena casa/ quarto, apelei para o volume e para entonação de falta de paciência:
— Cabelo! Pô, Cabelo, acorda, cara!
Um século se passou até que ele veio calmamente abrir a porta, de calça de pijama larguinha e quadriculada e cabeleira desalinhada.
— Aconteceu uma tragédia, não é? Diz para mim que foi uma tragédia. Você não me acordaria no meio da madrugada por nenhum motivo que não fosse uma tragédia, né?
— Que madrugada? São 10 da manhã!
— Eu e o Gaspar ficamos conversando e fomos dormir tardão, às 7 da matina! Estou morto de sono, Clarinha, depois a gente se fala, beijo...
Naquele dia descobri que o Cabelo era mal-humorado de manhã. Coisa de músico, de artista. Artistas são temperamentais, sensíveis. E tagarelas. Nunca achei que meninos, que vivem reclamando da nossa tagarelice, tivessem tanto assunto!
Fiquei chateadíssima, claro. Não esperava um banho de água gélida no momento em que eu decidira me entregar de corpo e alma para o meu namorado.
— Ia dizer que estamos sozinhos e que teríamos, se você quisesse, uma hora para... você sabe.
— Sexo? A essa hora da madrugada? Tá maluca?
Uau! Foi praticamente um soco no nariz. Quase senti o sangue escorrendo pelas narinas.
— São 10 da manhã! — eu repeti, aos berros.
— Então, madrugada! Eu estou morto, Clara. E não quero que nossa primeira vez seja assim, nessa pressa,

desse jeito. A gente esperou tanto tempo... O que é que tem esperar mais um pouco?

Naquele dia eu estava agindo de forma tão irracional, tão afobada, parecia querer me livrar logo do assunto primeira vez, queria acabar logo com aquilo (como se virgindade fosse um fardo, como se aquela fosse a única chance da minha vida de fazer sexo com meu namorado) que nem prestei atenção na beleza que ele acabara de dizer. Hoje, olhando para trás, vejo o quão transtornada eu estava. E, vamos combinar, sem motivo nenhum! Como fazemos e pensamos bobagens quando temos 16 anos...

— Ah, é? Ah, é? — eu disse, decidida a fazer a maior loucura da minha vida até aquele momento. — Cabelo, é agora... ou agora! — vociferei, enquanto atacava sua jugular com intensidade vampiresca.

Que vergonha eu tenho quando me lembro dessa cena! Ele bem que tentou me repelir no começo da investida, mas logo rendeu-se aos meus carinhos e se deixou ser empurrado para a cama, mil vezes mais macia do que o colchonete em que eu estava dormindo.

Antes de deitar, ainda mal-humorado, ele resmungou:

— Espera aí, que vou escovar os dentes. Não SUPORTO beijar antes de escovar os dentes.

Você não tem ideia de como achei o Cabelo fresco naquela manhã. Que cara chato! Tudo bem, gosto de pasta de dente é muito bom, mas naquele momento eu queria ouvir tudo, menos que ele não suportava me beijar, que foi a mensagem que chegou berrando ao meu cérebro feminino.

Se eu não estivesse com a vontade que eu achava que estava, teria saído dali antes que ele voltasse do banheiro. Mas fiquei parada, esperando. Eu tinha cismado: a hora era aquela. Era a oportunidade perfeita. E oportunidades perfeitas não acontecem muitas vezes, eu tinha certeza mais que absoluta.

O Gaspar não demorou a acordar e a descobrir o que estava prestes a acontecer no até então ingênuo cantinho adolescente. Sorri amarelo e envergonhada e ganhei dele um sorriso meio safadinho de volta. Um sorriso, com direito a olhinhos apertadinhos, do tipo: "arrã... eu sei o que vocês estão fazendo aí, dona Clara." Vermelhei mais ainda, me escondi embaixo do lençol e percebi que ele saiu de fininho quando a porta bateu.

O Cabelo demorou algumas décadas dentro do banheiro. Deve ter escovado vinte vezes cada dente. Bem devagar.

Ele voltou.

Voltamos a nos aninhar.

Beijinhos, beijinhos e mais beijinhos.

Ficou quente.

Rolou.

Rolou!

Não, não merece uma exclamação.

Rolou.

Ele virou para o lado.

Dormiu.

Roncou.

Eu virei para o lado, me encolhi toda.

E chorei.

Muito.

De mágoa, de dor (não física, essa foi quase inexistente).

Que droga! Que primeira vez mais mecânica e sem emoção! Nenhum calafrio, nenhuma grande novidade. "Tivemos momentos de pegação muito melhores do que o que acabou de acontecer", pensava. "Será que uma pegação forte bem feita é melhor do que sexo?", eu me perguntava.

Depois caiu a ficha: eu não podia culpar o Cabelo. O que eu queria? Praticamente estuprei o menino! Um menino que sempre tinha sido um doce, um cavalheiro comigo! Que horror! Que coisa feia! Se eu pudesse voltar atrás, apagaria esse dia... Eu desrespeitei o cara que mais amava. Não respeitei seu cansaço, não respeitei sua vontade, agi como uma menina mimada, voluntariosa e que não reage bem a rejeição.

Saí do quarto de fininho.

Voltamos a nos falar somente no almoço, quando pedi desculpas e um abraço.

Trocamos algumas poucas palavras. Todas sem vida.

À tarde, ele ficou jogando pingue-pongue com o Gaspar. Quando os pais da Teresa chegaram, três horas depois, botamos as malas no carro e fizemos mudos o trajeto Petrópolis-Rio, olhando para o verde da serra e pensando no que tinha acontecido.

Eu estragara tudo com minha ansiedade desenfreada e falta de tato. E estava profundamente triste com essa constatação. Àquela altura, já tinha caído a ficha. Eu pensava: "Pra que a pressa? Pra que tanta afobação?." Eu nem pensava tanto no assunto virgindade (era uma virgem felizinha) mas, de repente, quis deixar de ser virgem a todo custo, só porque achei que o momento perfeito tinha chegado.

E o questionamento continuava: "Coisa mais descabida! Por que eu virei uma tarada louca e inconsequente? Só porque eu estava sem adultos por perto? Faça-me o favor! Burra, mil vezes burra!", eu brigava comigo mesma enquanto prendia o choro dentro do carro.

No Rio, no dia seguinte, fui à casa dele com rosas e sorvete de nozes da minha avó. Seus pais deixaram-nos a sós e... rolou de novo. Com carinho, com afeto, com tempo, com amor.

Aí, sim, foi lindo. Como tinha de ser. Sem pressa nem pressão, como ele sempre achou que devia ser.

Fiquei com o Cabelo, ao contrário de todas as perspectivas, mais dois anos. Terminamos quando ele foi estudar música nos Estados Unidos. O danado conseguiu uma bolsa numa das melhores universidades de lá. Mereceu, talentoso à beça.

Como nosso namoro já estava esfriando, decidimos terminar em comum acordo antes que ele voasse para o Tio Sam de mala e cuia. Nós nos falamos até hoje. Gosto dele de verdade, tenho um enorme carinho por ele e por aqueles cabelos negros que no passado me enlouqueceram de paixão. Quando estamos solteiros e ele está de passagem pelo Brasil, não raro fazemos uma sessão flashback.

Depois dele, aproveitei como poucas minha solteirice e amei muitos garotos.

Sem pudores, sem medos e, principalmente, sem pressa. Nem pressão. Aprendi que primeira vez não precisa ser exatamente boa. Afinal, tem sempre a segunda, a terceira, a quarta, a nonagésima vez. E cada vez é melhor que a anterior.

É... tive uma boa escola com o Cabelo. E aprendi que primeira vez só deve rolar com um cara em que a gente confia plenamente e de quem a gente é, antes de tudo, amiga. Isso mesmo, amiga.

Tuca

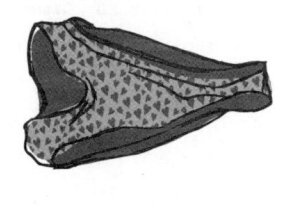

Os bicos de modelo me davam uma boa grana. E pensar que comecei nisso tão por acaso... O Suzano, meu namorado na época, era modelo promissor, fazia um monte de comerciais. Como sempre fui alta (1,80 desde os 14 anos) e tinha quadril estreito e pernas finas, ele achava que eu levava jeito para coisa.

Só de pensar em mim desfilando ou posando para uma câmera fotográfica já me dava vontade de rir. Parecia piada. "Eu? Modelo? Tá bom!", desdenhava em silêncio.

— Eu tenho espelho! Não sou nada bonita, e modelos precisam ser bonitas.

— Modelos são cabides que andam, Tuca, e você é um lindo cabide, minha filha! Tão magrelinha... — dava força minha mãe, sincera como sempre, louca para ver a filha sob os holofotes.

Acabei indo com o Suzano num *casting* e fui escolhida para dançar num comercial. Nem sei como passei. Eu? Dançar para câmera? Olhando para ela? Tá bom! Jurei que não conseguiria sequer começar o teste. Não sei de onde tirei coragem para dançar do meu jeito desengonçado porém ritmado. Agradei o povo moderno que comandava a seleção e peguei o trabalho. Aí rolaram vários outros, um atrás do outro, e a brincadeira começou a dar dinheiro.

Eu tinha 18 anos, ou seja, era praticamente uma tia velha no reino encantado das über models (sim, agora não é mais *top*, porque agora toda e qualquer modelo é *top*, já reparou? É como se a palavra modelo tivesse sido abolida do dicionário e nós só tivéssemos a palavra *top*. Lá nos Estados Unidos, percebendo a vulgarização da palavra *top*, os *fashionistas* levaram para o *mundinho* o termo *über*. *Über* é uma palavra alemã que significa maior, superior. Esse povinho da moda ama inventar moda. Sem querer me gabar, Tuca também é cultura. Inútil, porém cultura). Além de ter um rosto que os profissionais do ramo definiam como camaleônico (rolo de rir por dentro cada vez que ouço ou digo isso), cismaram que eu tinha "atitude" (também rolo de rir com isso. Tem alguma palavra mais clichê do que essa?), pré-requisito muito requisitado já naquele tempo.

Maquiadores e produtores de moda faziam a festa com o meu biótipo, e eu mesma me surpreendia com as várias formas que minha cara tomava. Podia fazer o estilo casual chique, agressiva liberada ou até máquina ardente do sexo. Nunca achei que pudesse bancar a mulher fatal mas na frente das câmeras e bem dirigida eu incorporava qualquer personagem, e não fazia feio.

Nem nas passarelas.

Sem contar o meu primeiro desfile. Nossa!, foi um desastre. Peguei trânsito, cheguei atrasada, ganhei olhares tortos do pessoal da agência e do estilista e ainda inventei de cair na passarela. Sim, caí. Primeiro, a sandália do pé direito se abriu. Depois, perdi o equilíbrio, rodopiei e, quando dei por mim, estava espatifada no chão. (Nota da ex-modelo aqui: além de o salto ser alto demais, o sapato era três números menor que meu pé 39! Não dá para se equilibrar assim!)

Levantei com um sorriso, não perdi a pose, fiz o resto da minha entrada com meu pé esquerdo calçado se alternando com a ponta do meu pé direito. A sandália agora caía pendurada e chique de uma das mãos e eu, apesar das dores do tombo, ganhei a plateia, que me saudou com assobios e gritos de "poderosa", "absoluta" e "mesopotâmica". Uma estreia e tanto. Nesse dia, o que mais ouvi foi: "Isso é que é atitude, menina. Você é naturalmente cheia de atitude! Que bom que o Suzano insistiu para você fazer um book!"

Então tá, né? Fazer o quê? Eles é que estavam dizendo... Não ia contrariar.

Antes do Suzano, ser modelo era algo que nunca havia passado pela minha cabeça. Mesmo. Eu me sentia desengonçada, sem sal nem açúcar. Uma pessoa destinada à figuração, nunca ao papel principal.

Se no começo lutei contra a carreira que teimava em querer me abraçar, durante os três anos em que trabalhei fiz um bom pé-de-meia, me formei e consegui juntar dinheiro suficiente para montar uma pequena clínica veterinária e cuidar dos seres que mais amo na vida, os bichos. Aliás, os ganhos no mundinho da moda me permitiram também conhecer vários lugares, viajar, estudar línguas e até ajudar em casa. Isso sem nunca ter me tornado um nome conhecido, famoso.

Com a grana que ganhava como modelo, Suzano dividia o aluguel de um apê em Laranjeiras com outro amigo "modelete". Ele nunca gostou que eu falasse dessa forma, me acusava, dizia que eu estava debochando da profissão. E não estava. "Modelete" é bem mais bonitinho do que modelo.

A gente namorava havia uns três meses e o namoro ia muito bem, obrigada. Eu gostava dele de verdade, ele era carinhoso, menos romântico do que eu gostaria, mas uma pessoa linda. Vivia insistindo para... ah!, você sabe. Mas eu não cedia. Achava que ele não era a pessoa certa.

Para mim, a primeira vez só seria bacana se fosse com um cara com quem eu me sentisse muito à vontade e isso era dificílimo, já que eu não me sentia muito à vontade com ninguém, nem comigo mesma. E, apesar de gostar imensamente do Suzano, não tinha nem um pingo de certeza de que ele entenderia minha paranoia com camisinha, nem tinha certeza se ele toparia numa boa botar camisinha. E sexo sem camisinha, nem pensar! Eu tinha pânico (pâ-ni-co) de engravidar.

A filha de uma amiga da minha mãe engravidou com 14 anos, depois de apenas uma vez com um cara que nem seu namorado era. E eu pude viver os dois lados do drama. O da mãe dela, que não se conformou com a displicência e o azar da filha, e o da garota, uma alma de criança que passou a carregar outra criança dentro da barriga e também o peso de todas as angústias e medos que isso acarretava.

Foi duro ver a menina perdendo a adolescência, ficando de castigo, sua relação com os pais piorando a olhos vistos, o preconceito e o distanciamento das amigas (*mui* amigas) da escola, que quase não lhe deram apoio, a perda do ano letivo, a vida mudada por completo, o bebê chorando horas a fio enquanto ela precisava estudar para as provas... Como vi as lágrimas jorrarem dos olhos de mãe e filha, acabei ficando realmente traumatizada, certa de que não queria aquilo para mim nem em sonho. Filho é para a vida toda, e vida toda é tempo pra caramba. Filho deve ser planejado, não acontecer por mero acidente.

Durante muito tempo, achei que a minha cara-metade era o Sansão, um namorado que tive dos 16 aos 18 anos. Nossa relação era linda, cheia de amizade, companheirismo e frios na barriga. Muitos frios na barriga. Quase rolou. Mas o palhaço inventou de me trair e traição eu não perdoo. Perdoo tudo, tudo mesmo, menos traição. Nem discuto, sou radical mesmo. Traiu, morreu para mim.

Além do medo da camisinha e de gravidez, eu criava empecilhos como: e se o cara não ligar no dia seguinte?

— Isso não vai acontecer... O Suzano gosta tanto de você, vocês dois são uma delícia juntos, um casal lindo — opinava Patty.

— É, mas e se ele não quiser botar a camisinha?

— Você só vai saber se perguntar — disse Teresa.

— Mas como eu pergunto?

— Com a boca, dââã! — irritava-me Nanda.

— Eu sei, pastel (é eu sempre gostei desse "xingamento": pastel. Um xingamento light)! O que eu quero saber é como eu faço a pergunta? Na hora, no dia, uma semana antes, amanhã, na hora do jantar... Não quero correr o risco de ele não querer botar a dita-cuja!

Nota importante: hoje sei exatamente o que fazer se um cara se negar a botar roupitcha no queridinho dele: não faço. Mas eu tinha apenas 18 anos. E quando temos 18 anos achamos que sabemos tudo, mas não sabemos nada.

— E se a camisinha furar? Camisinha fura, sabiam?

— Não vai furar! As camisinhas estão cada vez melhores — surpreendia-me Joana, a caçula do grupo.

— E se ele não ficar comigo para o resto da minha vida?

— Deixa disso, criatura! Isso é lindo nos livros e nos filmes, na vida real não existe um cara com a cara do Brad Pitt que chega num cavalo branco em câmera lenta e se declara apaixonado para toda a vida — jogava água fria Fernanda, que sempre acreditou que perderia a virgindade com um homem com a cara do Brad Pitt, que chegaria perdidamente apaixonado por ela num cavalo branco, em câmera lenta.

Está bem, está bem, eu era muito romântica. Romântica demais. E exigente demais também. Eu me lembro de quando terminei um rolo por causa de um par de brincos.

Tudo começou com um brinco que eu havia comprado no camelô, por R$ 4,90. Era uma graça, parecia uma joia delicada. Quando estava toda arrumada para sair, bonitona, perguntei ingenuamente para Sérgio Affonso, o rolo em questão:

— Você acha que algum ser humano na festa vai ser capaz de dizer que esse brinco custou R$ 4,90?

Depois de um interminável minuto e meio de silêncio e de um olhar para lá de hesitante, sabe o que o palhaço me respondeu?
— N-n-não... quer dizer... n-n-não sei. Hã... não tenho a menor ideia. Isso. Não tenho a menor ideia. Fiquei chocada com a reação.
Aí começou a briga.
— Como é que é? Quer dizer que você acha que as pessoas não saberiam distinguir se isso é um brinco de R$ 4,90 ou de... vejamos... R$ 5.520,00?
— Não, querida, não foi isso que...
— Não querida, uma vírgula! VOCÊ não saberia distinguir, não é? Diga a verdade, Sérgio Affonso!
— Não me chama de Sergio Affonso que eu fico n-n-nervoso, amor!
— Para de gaguejar e responde, Sergio Affonso!
— É... hum... talvez as mulheres que entendem de moda saibam a diferença entre um brinco caro e um barato...
— Barato, não, Sérgio Afonso! De camelô! Ou seja, megabarato e MEGAVAGABUNDO! — estourei.
— Entendi, Tuca. Mil desculpas, mil desculpas...
Rodei a baiana com o coitado.
— Você... você... você tem um iceberg no lugar do coração, viu? É a insensibilidade em pessoa! Que sinistro você ter coragem de dizer na minha cara que não sabe se esse brinco foi caro ou barato, Sérgio Affonso. Si-nis-tro. Eu não quero uma pessoa assim do meu lado. Uma pessoa que não entende de moda, de acessórios, de vida, de economia... joias e bijuterias são muito importantes para nós, mulheres, fique o senhor sabendo.
Pobre Sérgio Affonso. Entre pigarros nervosos, hãs, hums e reticências, ficou claro como água que aquela

discussão não iria a lugar nenhum e, principalmente, aquele namoro não iria a lugar nenhum. Eu podia ter abreviado a conversa, terminado na bronca anterior, mas que nada! Estava atacada, queria mais:
— Aposto que você gagueja se eu perguntar se essa roupa me engorda. Essa roupa me engorda? Hein? Hein? E culote? Você acha que eu estou com muito culote? Ou pouco culote?
Sérgio Affonso, suando frio, bem que tentou reagir:
— Pouco culote. Pouco culote!
— Nenhum culote! NENHUM CULOTE é a resposta certa, idiota!
Tadinho do Serginho...
Naquela época, ainda não entendia o universo paralelo onde vivem os garotos. Lá, a única coisa que importa se chama bola, e eles se sentem em casa com suas noções para lá de abrangentes sobre esporte. É nesse mundo de ponta-cabeça que os representantes do sexo masculino aprendem e decoram coisas utilíssimas para a vida deles, como quantas vezes o América venceu o Brasileirão ou quem era o artilheiro do Fluminense no bicampeonato de 1976.
Aposto que tem tricolor aí berrando mentalmente: Doval! Foi o Doval!
Pelo pouco que aprendi dessa cartilha futebolística, o time do Fluminense em 1975 e 1976 era realmente de se tirar o chapéu. Rivelino, Paulo César Caju... bons tempos aqueles...
Fala sério! Tuca também é cultura esportiva!
Sei que é preciso paciência com relacionamentos e com garotos em geral. Demorei para entender que nós também temos o nosso universo paralelo, que eles

também não compreendem. É o universo onde a gente comenta as revistas de celebridades, sabe quem está namorando quem, quantas tatuagens tem a atriz da novela das sete, quem tem celulite e quem não tem, quantas tatuagens tem a atriz famosa da vez, quais os últimos lançamentos de perfumes e maquiagem, as novidades de estética, cabelo, unha, roupa, os meninos das novelas...

Claro que existem exceções. Há homens de alma feminina que conseguem opinar nas cores da roupa da namorada, reparar no brinco e dizer qual blusa combina melhor com qual sapato. Mas isso é uma espécie de mundo perfeito. E não existe perfeição em se tratando de relacionamento, nem nos universos paralelos. Mas isso eu só aprendi anos depois. Porque o que eu sempre busquei na minha adolescência foi um relacionamento perfeito.

Eu sei... Eu era uma adolescente burra. Muito, muito burra.

Tadinha de mim!

— Namorei um cara que me dizia não ter memória para roupa. Eu experimentava uma saia jeans com uma blusa verde, desfilava pra ele, botava uma blusa vermelha, perguntava a opinião e... nada! Ele dizia que não sabia responder porque simplesmente não conseguia memorizar como eu ficava com cada *look*. Com o tempo, para simplificar, o sem graça passou a dizer que eu ficava linda de qualquer jeito — reclamou Nanda, certa vez.

Cabeça de mulher é complicada mesmo, não? Tudo o que a gente quer é ouvir de vez em sempre que fica linda de qualquer jeito, mesmo sabendo que isso é a maior mentira do mundo. Mas de repente, quando o namoro está por um fio, ou quando se está na TPM, estar linda de qualquer jeito vira um acinte, um palavrão, um xingamento.

Mulheres, mulheres... nós somos ridículas às vezes! Quer coisa mais ridícula do que ficar horas ao lado do telefone esperando o cara ligar? A Teresa tinha uma teoria seriíssima sobre meninos e esse estranho e difundido hábito de pedir nosso número e não ligar no dia seguinte:

— Eu nunca dou meu telefone. Eu é que peço o número deles. E nunca ligo. Quer dizer, se o menino for interessante eu ligo depois de uns quatro, cinco dias. É a minha vingança — ela regozijava-se, antes de se apaixonar perdidamente pelo Gaspar, com quem namorou por anos a fio.

— Ai, eu não tenho coragem de fazer isso. Acho que quem tem de pedir telefone são eles, não a gente. Isso não é coisa de menina — reagia Joana.

Sempre achei uma besteira esse negócio de menina não poder tomar a iniciativa. Quem disse que não pode? Onde está escrito que não pode? Que bobagem! Houve um tempo em que os maridos viajavam e, para garantir que não seriam traídos, botavam cintos de castidade nas esposas. Trancavam as coitadinhas das vaginas com cadeados! O que é que é isso, minha gente?!

Mas, ainda bem, isso é passado. Hoje nós vivemos dias mais democráticos, especialmente no mundo ocidental, com direitos iguais para ambos os sexos. Esse tempo em que o machismo imperava acabou (embora ainda existam muitos caras machistas por aí) e temos de aproveitar a vitória das mulheres, que ao longo do tempo lutaram por seu espaço, por suas opiniões, para serem ouvidas, para terem seu valor reconhecido e venerado. Ser mulher é o máximo.

Pena que os meninos demorem a notar que mulher é o máximo. Perdi a conta de quantas vezes fui preterida pelo videogame. Difícil de acreditar (e entender), mas eles prefeririam ficar na frente do computador matando bonecos animados, dirigindo carros que não existem e pilotando aviões virtuais a beijar na boca. Eita, mundão esquisito esse dos homens!

Enigmas não resolvidos, o telefone continuava em pauta:

— Nunca, jamais na minha vida vou ligar para um garoto! Nem que ele seja um deus grego. Faço análise há um ano para resolver essa questão, mas não consigo pegar o telefone para discar para meninos! O único homem para quem eu ligo é o meu pai. E mesmo assim com muito custo! — desabafou Joana.

— Troca de analista, então! — eu palpitei.

— Como assim? Eu tenho problemas com telefone! É sério! Até falei isso para o Fernando outro dia. É um bloqueio, o que eu posso fazer?

Fernando era o bofe da vez na vida da Joana, a mais linda de nós seis e sempre a mais solteira de nós seis.

— Você falou essa maluquice de bloqueio para o Fernando? — espantei-me.

— Falei, o que é que tem?

— E ainda não sabe por que ele nunca mais ligou?

— Não!

— Porque ele te achou maluca! E pessoas normais não gostam de namoradas malucas — eu disse. Ah, disse mesmo. Amiga precisa ser sincera nessas horas. — Pensa bem, ninguém em sã consciência vai querer se relacionar com outro alguém que faz análise para tentar resolver um inacreditável bloqueio com telefone! Nós, meninas, AMAMOS telefone!

E amamos, mesmo. Amamos garotos também, claro. Mas com um pé atrás. Telefone é mais confiável, está sempre ali, não sai com os amigos, não prefere futebol na tevê a beijo na boca, não prefere uma pelada com um bando de suados desconhecidos a uma comédia romântica com sua amada...

Garotos, garotos... não dá para gostar deles assim, de cara. E isso acontece por medo, desconfiança... na verdade, garotos nunca me inspiraram muita confiança, talvez por isso eu tenha me mantido virgem por tanto tempo.

Sem contar toda a minha paranoia com camisinha. Além do medo de pedir para o cara botar a dita-cuja, eu tinha medo de me atolar na hora, de ficar nervosa, de destruir minha primeira noite com meu jeito apatetado e nada atraente.

Sem camisinha, ou com camisinha mal colocada, eu tinha certeza de que engravidaria na primeira vez. E aí? Contar para a família, ser expulsa de casa, casar ou não casar, pensar no que fazer com um neném na barriga...

Some-se a isso o fato de eu nunca ter sido o que se define por calipígia. Minhas curvas resumiam-se à armação dos meus óculos — arredondada, italiana, chiquíssima, bordô — e, não adianta, meninos gostam de curvas. E de tudo que eu nunca tive: coxa, bunda, peito. Meu corpo era exatamente o que mamãe dizia, um cabide. E você não pode achar que alguém é plenamente feliz com um corpo de cabide.

Daí para pensar que todo e qualquer cara que me levasse para a cama sumiria no dia seguinte, era um pulo. Deu para perceber: autoconfiança zero (o que não faz bem para ninguém). Enfim, minha cabeça não ajudava nada quando o assunto era sexo.

As minhas amigas não eram o que eu podia chamar de pró-virgindade. Nenhuma delas defendia a virgindade como uma bandeira. Eu também não, apesar de ser chamada por elas de fundadora do Clube das Virgens.

Umas malas, as minhas amigas.

Eu só queria que fosse perfeito. E, juro, não achava que era pedir muito. Não fazia nem questão de casar com o meu primeiro homem. Minha meta era só ficar com o cara por muitos e muitos e muitos anos, como eternos namorados.

Cá entre nós, uma baboseira sem tamanho essa de eterno namorado. Ou é marido ou é eterno namorado! Não?

O que um filminho fofinho não faz com um indivíduo? Depois de alguns beijos que embaçaram as lentes dos meus óculos e ruborizaram as paredes acarpetadas da sala de cinema, partimos rumo à Lapa.

Para o Baixo Lapa, ali bem embaixo dos arcos, onde a noite era democrática, regada a músicos e à música variada, cerveja, gente de todas as tribos e artesanato. Sim, artesanato. Enquanto Suzano se entregava aos prazeres da boa e velha cervejinha com amigos que tinha acabado de encontrar (aliás, aonde quer que se vá no Rio de Janeiro sempre tem algum conhecido. Como uma amiga costuma dizer, o Rio tem 16 pessoas), eu me divertia na feira alternativa a céu aberto. Saí de lá com um par de brincos, uma faixa de cabelo e um colar de sementes de açaí.

Suzano encheu a lata. Bebeu mais de cinco latinhas de cerveja, o que me obrigou a assumir o volante da Lapa até Laranjeiras. Sem resistência. Afinal, bebida não combina com direção e ambos sabíamos disso. Como nunca fui chegada aos prazeres do álcool, deliciei-me apenas com um *refri* light e uma paçoca. É, vendiam-se paçocas no Baixo Lapa também.

O Xando, que morava com o Suzano, tinha, claro, saído. Tinha deixado um bilhete comunicando que dormiria na casa da namorada. Bilhete lido, meu chuchu transformou-se na versão com pelos do romantismo e passou a me bajular, a me cortejar, a me paparicar, a me deixar de perna mole com tanto xodó. Eu, apesar de decidida a não me entregar a ele naquela noite (eu não tinha me preparado psicologicamente, poxa vida!) abri uma brecha para beijos mais apimentados.

Nossas mãos deslizavam em compasso, o coração batia forte, rápido, o corpo esquentava, estremecia e os beijos estavam cada vez mais macios, mais demorados, mais perfeitos, mais molhados. Ai, ai, ai, àquela altura eu já estava questionando toda a minha teoria pré-estabelecida e pré-milhões-de-vezes-pensada sobre primeira vez. Eu desejava o Suzano (alou! Sou de carne e osso!) e gostava de desejá-lo. E o melhor dessa história era saber que ele também me desejava.

Naquela noite, em vez das paranoias habituais, enquanto beijava meu modelete, minha mente foi tomada por um diálogo para lá de produtivo entre a Tuca-Confiante-Pra-Caramba e a Tuca-Super-Insegura-Mesmo. As coisas que elas diziam uma para a outra batiam no meu cérebro como uma sirene esclarecedora.

"E se eu não me sentir à vontade com ele?", dizia a Tuca-Super-Insegura-Mesmo.

"Você é namorada dele há três meses, se não se sentir à vontade com ele vai se sentir à vontade com quem?", Tuca-Confiante-Pra-Caramba partia em minha defesa.

"Será que ele vai achar o meu corpo horrível?", arriscava a Tuca-Super-Insegura-Mesmo. Insegura e chata. Chata, chata, chata.

"Ei! Ele sabe que seu corpo é desprovido de carne, mas sempre demonstrou ter grande apreço por ele!", batia no peito a Tuca Confiante.

"Faço com ou sem óculos?", a Tuca Insegura cogitava.

"Esquece isso! Na hora, seus instintos te guiarão e você saberá exatamente o que fazer. Com ou sem óculos", reagia a Tuca Confiante.

As duas pareceram concordar nessa parte.

E, de repente, eu me vi mais confiante do que nunca. E, não sei se pelo fato de estarmos sozinhos, longe da minha casa e totalmente à vontade e relaxados, senti uma grande vontade de prolongar ao máximo meu tempo ali, naquele apartamento simples e pequetito, com poucos móveis dispostos sobre o chão de taco. Estava tudo tão bom!

Entre tórridos beijos, lembrei da minha mãe (é! É! Da minha mãe! Você já vai entender o porquê!).

— Minha filha, o que é que você tanto espera? Diz para a mamãe. Desabafa com a mamãe. Sexo é uma coisa natural, e você é madura o bastante para saber aproveitar. O Suzano é um ótimo menino, adora você... não perca tempo pensando nas mil coisas que você vive pensando! Às vezes a gente pensa demais. E pensar demais é chaaato...

Taí uma frase que eu adoro: "Pensar demais é chato." Autoria: mamãe.

E mamãe estava certíssima, o Suzano era mesmo um cara ótimo. Era o que se chama de garoto-família. Tinha vindo para o Rio tentar a sorte depois que o olheiro de uma agência o descobriu em algum lugar longínquo do Sul, o maior celeiro de modelos do país.

Aqui, as coisas começaram devagar, bem mais devagar do que ele esperava, e o meu modelo de menino quase pensou em desistir. Batalhou, correu atrás, bateu nas portas, levou quinhentos "nãos", mas não deixou de sonhar. Um belo dia, uma porta se abriu e a bola de neve começou a rolar ladeira abaixo e ele a ganhar mais e merecido dinheiro a cada dia, além de um futuro promissor nas passarelas internacionais.

Um pré-requisito importante para que um cara fosse o primeiro homem da minha vida: que ele reunisse qualidades necessárias para que eu o admirasse. E eu sempre admirei gente batalhadora, gente que não fica esperando dinheiro e oportunidades caírem do céu. Com trabalho, persistência, profissionalismo e dedicação, o Suzano estava construindo sua história, fazendo seu pé-de-meia. E, cá entre nós, tem coisa mais admirável que isso?

O Suzano podia muito bem ser a pessoa escolhida para a minha primeira vez. Ele era perfeito, pelo menos naquela hora, naquela noite. E ainda por cima apaixonado! Isso, por si só, já fazia dele um candidato fortíssimo ao posto de Primeiro Homem da Minha Vida.

E eu estava ali, na sala do cara, num chamego bom demais, cheia de vontade de fazer mais chamego, e mais chamego, e mais chamego...

Não sei o que me deu, mas deixei os acontecimentos me levarem. Desnecessário dizer que os acontecimentos me levaram, obviamente, ao seu quarto, para "ficarmos mais confortáveis", nas palavras dele.

Mais confortáveis... tá bom! Fingindo (e agora querendo. Sim, querendo!) cair na história do conforto, fui para o quarto. E descobri que ele tinha uma certa fixação por espelhos. O armário tinha um espelho dentro com visão panorâmica da cama e atrás do quadro que repousava sobre a cabeceira da cama tinha mais outro, o que dava a nós vários ângulos do cenário.

No começo achei engraçado, rimos do complexo de Narciso do meu *modelete* e continuamos nossa sedutora brincadeira. Perdeu a graça no momento em que outro espelho surgiu, menor, na mesinha de cabeceira. Aquilo não era nada engraçado, era um tanto patético. O romantismo dentro de mim deu lugar a um sentimento esquisito e o que era para ser doce de leite virou biscoito de água e sal.

Patético ou não, água e sal ou não, acabou rolando. Ah! Eu sou feita de pele e pelos, e eles estavam todos arrepiados naquela hora, por mais que eu desgostasse dos espelhos!

Falei da camisinha e ele nem chiou. Ufa!

Botou. Sem estresse.

Aconteceu.

Foi... péssimo.

Muito, muito péssimo mesmo.

Nada foi bom, nenhum momento foi inesquecível, nenhuma parte mereceu destaque no baú da minha memória. O antes foi muito melhor do que o durante, a verdade é essa. Doeu, sangrou um pouco, eu não relaxei nada. Nada! Foi desconfortável. E afobado, e atrapalhado, e rápido, e sem graça. E zero prazer. Sexo e prazer não deviam caminhar juntos? O prazer não é imprescindível?, eu me perguntava em silêncio.

Hoje acho normalíssimo eu não ter sentido prazer na minha primeira vez. Pô, eu estava pensando em tanta coisa ao mesmo tempo, era tanta *noia*, tanta tensão (sim, eu sou uma pessoa tensa! E era mais ainda com 18 anos)... Difícil mesmo ter prazer... O problema é que com aquela idade eu tinha certeza de que a primeira vez, se fosse com o cara certo, seria 100% maravilhosa, 1000% prazerosa.

Mas o prazer foi todo dele, que fez sexo com os espelhos, se bobear nem me viu ali.

Isso que era narcisista.

Caso para terapia.

A mim, coube a resignação. Tive certeza de que nunca mais iria vê-lo no primeiro segundo pós-sexo (se é que posso chamar aquilo de sexo). Não encaixamos. Em nenhum aspecto. Fazer o quê? Não vou dizer que foi ruim de todo, foi de quase todo.

O auge da minha irritação aconteceu quando fui ao banheiro e, surpresa total, a tábua do vaso sanitário estava escancaradamente levantada. E nada menos glamouroso e menos sensual que uma imagem dessas para terminar uma noite. Nunca suportei homens que não abaixam a tábua. Dei um piti, subi nas tamancas e demonstrei todo o meu asco com gritos e palavras no volume máximo. Sabe o que ele disse, com o sotaque gaúcho mais que carregado?

— Ah, não, Tuca! Tu também tens cisma com a tábua da privada? Que frescura, guria! É simples lidar com ela... olha, se estiver levantada, é só tu abaixar. Vai levar menos de dois segundos do teu dia, sabia? — ele estrilou, para depois fechar com chave de ouro: — Fazer em pé é difícil! Tu não penses que é fácil. E tu não sabes como tábua abaixada atrapalha a pontaria!

Num primeiro momento, pensei em estrangulamento. Num segundo, pensei em sumir dali num piscar de olhos. Num terceiro, eu já estava pensando, com pesar, que em breve estaria "na vida" novamente, no cotidiano solteiro de nove entre dez meninas-mulheres do Rio. Que porcaria de futuro próximo me esperava!, eu acreditava.

Quando se tem 18 anos, qualquer probleminha vira um problemão. Imagina um problemão como esse. O namorado que eu achava tudo de bom era um narcisista boboca e sem sal na cama, incapaz de me conquistar por inteiro.

Lado ótimo dessa história que eu consegui ver de dentro do táxi que me levou para casa: ainda bem que nós fizemos! Ainda bem que o meu tempo não era o tempo em que a virgindade era praticamente obrigatória. Ufa! Imagina que horrível se eu casasse com o Suzano e só depois descobrisse esse lado narcisista doentio? Só depois descobrisse que nós dois encaixávamos em tudo, menos no que mais deveríamos encaixar?

Também descobri que o peso que botamos na primeira vez é horrível. Só prejudica a gente, só deixa a nossa cabeça cheia de medos e interrogações.

Lado ruim dessa história: eu não sentia nem um pingo de saudade do tempo de solteira, de sair toda noite, com o radar ligado, olhando para tudo e todos, com aquela sensação de "vai que o homem da minha vida está do meu lado"?

Ao contrário do que previam minhas amigas, e até minha mãe, reagi com maturidade ao desastre da primeira vez.

— Não vou considerar essa a minha primeira vez. Foi só o cara que rompeu meu hímen. Um cara que gostei, que foi um querido comigo sempre, mas que não era O cara.

Conheci O cara três meses depois, o Sampaio. Namoramos dois meses e em outros dois meses estávamos morando juntos num apê pequeno porém jeitoso. Descobri que O cara não era mais O cara depois de um ano e sete meses. Não demorei para separar meu travesseiro de estimação do dele.

Depois veio o Sócrates, com quem aprendi filosofia (parece piada, mas juro, o cara era filósofo, bem mais velho que eu, todo sabe-tudo), meditação, culinária tailandesa e com quem tive um relacionamento maduro, de luz e muita paz. Paz demais. Terminamos numa boa dois anos e meio depois. Segundo ele, havíamos "fechado um ciclo".

Com o Sábato, que veio em seguida, descobri o que era ciúme, essa palavra de cinco letras que me levou para a terapia e quase me enlouqueceu. Nossa relação tinha um grande potencial, poderíamos aprender muito um com o outro, mas... ele era um ciumento inveterado, tinha ciúme até da minha sombra. E acabou me deixando ciumenta (coisa que eu nunca tinha sido até então). Não gostei da experiência e daquela relação cheia de cobranças e interrogatórios, do coração batendo acelerado não por felicidade, mas por raiva, angústia, insegurança. Preferi usar a razão para cortar pela raiz o mal do coração.

Parti em voo solo e assim fiquei por um tempo, voando, conhecendo gente bacana, aprendendo a adorar a minha companhia...

Até que três anos atrás esbarrei com o Simão na festa de um amigo. Ele é meu quinto ou sexto "S". Se é ou não O cara, não sei. Parei com esse negócio. Definitivamente.

Sei que ele é o cara que me faz feliz todo dia. E está bom demais assim.

Fernanda

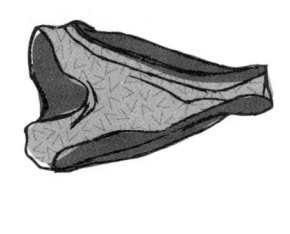

*E*u estava no primeiro ano do Ensino Médio quando o colégio começou a dar aulas de Educação Sexual. Bom. Teria sido ótimo se a iniciativa incluísse um outro tempo de Educação Sentimental. Afinal, sexo, para meninas, tem tudo a ver com sentimentos.

Era tão tímida que nunca consegui fazer as perguntas que gostaria de ter feito. Não saía absolutamente nenhum som da minha boca. Passava o tempo prestando atenção, cochichando ou rindo da palhaçada sem graça dos meninos.

Uma vez, o Carlos Eduardo Martinelli, um menino alto, magricela, dentuço e gente boa, perguntou se era possível um homem urinar durante o ato sexual. A turma inteira rolou de rir dele mas, no fundo, no fundo, estava todo mundo louco para saber se aquilo era possível.

Até eu. E olha que, dentro de pouco tempo, eu sabia, aconteceria minha primeira vez. E ela seria com o

Vinicius, ou Vina, como gostava de chamá-lo. Nosso namoro de oito meses e meio (meu recorde até então. Meu maior relacionamento antes desse durou um mês e um dia) ficava a cada dia mais sério.

E ele era um querido, viu? Todo bom. Fazia teatro, tocava violão, amava praia, ouvia Chico, lia Verissimo (um cara que lia! Que gostava de ler, que pegava um livro para ler por livre e espontânea vontade. Um espécime raríssimo, não podia deixá-lo escapar!) e amava sushi. Praticamente a metade da minha laranja.

Como se não bastasse, morava no meu prédio e era três anos mais velho do que eu, o que permitia que nossos beijos fossem dados na caminhonete do pai dele quando o coroa emprestava o carro.

Com nosso namoro esquentando, vinham vários medos me atazanar as ideias.

Medo número um: que ele visse minha mancha de nascença, asquerosa, do tamanho da Ásia (começa na base da cintura, ocupa praticamente toda a minha nádega direita) e perdesse totalmente o interesse por mim. Eu tremia só de pensar na ideia do Vina vendo pela primeira vez meu maior complexo, minha maior neura, a parte mais feia (e a mais repugnante) do meu corpo.

Medo número dois: da dor (muitas meninas diziam que a primeira vez dói horrores, o que é um incentivo ao prolongamento da virgindade). Sempre fui fraca para dor, por qualquer arranhãozinho dou escândalo, choro, quase desmaio, um horror.

Além dos medos principais, também tinha os medos coadjuvantes, como o medo do desconhecido, do novo, de não saber o que fazer na hora H, de não sentir prazer, de sentir dor, de não sentir nada.

Mas tinha o Vinicius no meio do caminho. No meio do caminho tinha o Vinicius, um cara que surgiu do nada, que além de ter nome de poetão lia Drummond em voz alta para me fazer gostar de poesia. E não me dava nenhum tipo de medo. Pelo contrário. Ele me inspirava confiança e me fazia para lá de feliz.

Apesar dos meus medos (ou pânicos, como queira), eu acreditava sinceramente que a gente podia se dar bem e, quem sabe, até casar. (Impressionante como mulher tem mania de casamento! E olha que eu era apenas uma menina!)

Eu e o Vina nos conhecemos no elevador. Na verdade, a gente se falou e se olhou diferente pela primeira vez no elevador, porque vivíamos nos esbarrando. Eu estava pavorosa. E senti vergonha por estar pavorosa (entenda-se por "pavorosa" camiseta branca manchada e furada, bermuda-de-ficar-em-casa, que me engordava uns vinte quilos, cabelo preso numa piranha velha e o chinelo do meu irmão, uns cinco números acima do meu).

Moral da história: balela esse negócio que dizem nas revistas, "saia arrumada sempre, mesmo se for comprar pão". Uma ova! Eu estava uó e o Vina olhou para mim, sorriu e disse:

— Tem coisa melhor do que chupar manga e se sujar todo?

Não é um charme essa frase?

Fez uma piadinha com a mancha nada discreta da minha camiseta e me notou pela primeira vez. Caí de quatro.

Roxa de vergonha, concordei com a cabeça.

Queria puxar um assunto, fazer outra piadinha em cima daquela, mas não conseguia. Quando eu olhava

para ele, meu coração disparava, minha barriga roncava, mexia, tudo ficava esquisito.
— Não sei se te convido para jantar ou se te chamo para um cinema.
Uau! Ele era bom nisso! Eu achava, pelo menos. Se bem que ele podia falar algo como "Slavec Tudinówsky Figly Smulb Sbrubles" que eu ia achar uma beleza.
De roxa, passei à cor de uma jabuticaba em centésimos de segundos. Em vez de dizer "por que não um cinema seguido de jantar?", o que teria sido uma ótima saída para uma cantada bonitinha dessas, comecei a rir, a rir muito, tive de envergar o corpo para dar vazão a tanto riso.
Sorte que o Vina entendeu que o riso solto era a senha para que ele me chamasse para qualquer programa, até à Lua eu iria com ele. Entre risos nervosos e revezando meu olhar entre o piso do elevador e os olhos dele, trocamos telefones quando chegamos ao térreo e, como prometido, ele me ligou mais tarde.
Saímos aquele dia e não paramos mais.
Comemos muitas mangas juntos, nos divertimos, passeamos de carro, jogamos boliche, namoramos ao ar livre, fomos à praia (eu sempre ia de maiô, daqueles enormes, de vó. A desculpa que eu dava pra ele? "Eu sinto frio na barriga. Gosto de mantê-la protegidinha do vento." Desculpa idiota, mas colava). Éramos um casal perfeito.
Só faltava...
Aquilo...
O Vina estava cheio de segundas intenções para o nosso aniversário de nove meses. Quis me levar para jantar, pediu o carro emprestado para o pai com duas

semanas de antecedência. Lindo, citou Tom e Vinicius, disse que queria me encher de beijinhos e carinhos sem ter fim... ai, ai... ao ouvir isso, claro, bateu uma vontade imensa de dar várias bitocas no meu gatinho.

O problema é que pensava nas bitocas e logo lembrava da empolgação que vem com elas e aí dava frio na barriga, subia um vulcão no meu peito que parecia que ia rasgar a garganta. Não, não é exagero. Afinal, eu era virgem! Virgenzinha da Silva. E com uma mancha do tamanho do mundo no meio da bunda!

Mas meu namoro havia chegado num estágio em que os dois queriam muito (ele mais que eu, é verdade), não dava mais para segurar. Até aquele momento tinha rolado apenas coisas de namorados, carícias mais empolgadas, pegações mais intensas, beijos mais demorados, nada de mais. Mas o Vina andava mais insistente a cada dia. E eu, confesso, louca para cair na insistência dele.

Já tinha lido um monte de matérias de revistas que falam sobre primeira vez. Sempre era tudo explicadinho, com detalhes, mas elas nunca diziam coisas sobre o coração, o que ele sente na primeira vez, qual o sinal que ele dá, o que ele pensa. A Clara, amigona que tinha perdido a virgindade havia pouco tempo, dizia que coração não pensa.

— Se tudo correr bem na hora H você não vai ter tempo para pensar. Na verdade, você não vai nem querer saber de pensar — ela aconselhava.

Enquanto eu sofria por antecipação pensando em como seria minha primeira vez, minha mãe continuava insistindo para que eu me abrisse com ela. Queria tanto me sentir à vontade para conversar com ela sobre sexo... mas simplesmente não conseguia.

— E aí, Nanda? Como é que é? Você e o Vinicius... a quantas anda esse namoro? Já rolou alguma coisa mais... tchã?
"Tchã"?!
Sem comentários.
— Ih, mãe, credo! Sai para lá! Quando rolar eu te falo. Que coisa mais chata. Não aguento mais esse papo. Odeio cobrança, odeio sermão, odeio quando invadem minha privacidade. Que saco! Não se tem mais sossego e paz nessa casa?

Era assim, de modo superagradável e gentil, com a sutileza de um mastodonte, que eu reagia às doces tentativas maternas de botar o assunto sexo na pauta do dia. Na época, eu não sabia por que agia como uma cretina com a pessoa que mais me ama no mundo quando tudo o que ela queria era conversar e tirar minhas dúvidas. Hoje eu sei: era adolescente.

Preciso dizer mais?

A Patty foi lá para casa me ajudar a escolher a roupa para a noite da comemoração, a noite dos nove meses. A grande dúvida era: seria aquela a grande noite?

— Já vou logo avisando que a Mel, do bloco 2, disse que a primeira vez dela foi horrível, sangrou muito e manchou o lençol todo. Lençol da cama da mãe dele! Os dois passaram a noite inteirinha lavando lençol. E o idiota do garoto ainda reclamou do sangramento — ela disse, assim que pisou no meu quarto.

— Nossa, que boa ideia chamar você para me fazer companhia, Patty! Muito obrigada pela força.

Ela ruborizou, baixou a cabeça e riu do meu deboche.

— Não, sério, Patty, o que você quer que eu faça com essa informação?

— Nada, só estou avisando. Já que é uma coisa dolorida, que seja com um cara que valha a pena. O Vina vale a pena?
— Claro que vale!
— Você tem certeza de que ele não vai sumir no dia seguinte?
— Tenho! A não ser que ele ache a minha mancha a coisa mais asquerosa do mundo. Ela é, mas... dizem que a paixão é cega, e ele é apaixonado por mim.
— Esquece esse negócio de mancha, Nanda. Claro que ele nem vai ligar pra isso. É hoje, garota!
Rimos cúmplices. Patty, do alto de seus 19 anos, também era virgem na época. Por opção. Ela não ligava muito para o assunto sexo. Além do mais, queria uma primeira vez pra lá de especial.
Nunca concordei com ela, achava apenas que tinha de ser com um cara legal, especial, sim, mas que me respeitasse e me amasse acima de tudo. E que tivesse potencial para ser um grande amigo caso o amor não evoluísse. E o Vina se encaixava perfeitamente nesse perfil.
Enquanto eu e a Patty seguíamos com a nossa tarde amiga-ajuda-amiga-a-se-vestir-para-evento-importante uma questão martelava meu cérebro. Será que eu deixaria de ser virgem na noite daquele domingo? Nunca quis perder minha virgindade num domingo, dia mais chato da semana!
— É só não esquecer a camisinha e relaxar. Está tudo na cabeça. Se a cabeça estiver nas nuvens, vai ser a melhor noite do mundo. Bota um perfume cheiroso e raspa a perna para ela ficar macia, garotos odeiam pernas-abacaxi, perna-abacaxi não dá! — aconselhou-me Tuca, que acabava de chegar para me fazer companhia.

Ela tinha acabado de perder a virgindade e não tinha sido nada bom. Legal ela me dar força.

— Mas e a minha mancha? E se ele ficar com nojo?

— Ele te ama, não vai nem ver a mancha.

— Alou! Eu vou estar pelada, Tuca! Pelada! IMPOSSÍVEL ele não ver essa mancha, ela é maior do que o Maracanã!

Numa coisa a Tuca estava certa. O Vina me amava. Eu o amava. Não tinha por que não rolar. Mas essa porcaria de mancha me tirava do sério. Hoje nem ligo para ela, mas eu era adolescente, e não existe bicho mais cheio de complexo do que adolescente, né?

Garotas gostam mesmo de complicar as coisas. Tanto tabu, tanta especulação, tanto medo... para quê? Toda primeira vez é legal. A primeira vez que conseguimos pedalar nossas bicicletas sem o pai atrás, a primeira nota dez, a primeira viagem, tudo que é novo normalmente é bom. Então por que criar tantos fantasmas?

— Tanta gente faz sexo a toda hora, ruim não pode ser! — eu disse para Tuca e pra Patty.

Optamos por um *look* ninfeta. Fiz umas trancinhas bem larguinhas e me vesti toda de branco para realçar meu corpo moreno jambo de sol. Nos lábios, um gloss cor de boca e rímel. Só. Brinco pendurado, bolsa vermelha de tricô de lado, sandália baixinha vermelha com uns trecos brilhantes e duas gotas de perfume na nuca. Estava uma deusa. Linda mesmo, modéstia lá longe. Se eu fosse um garoto certamente me daria um mole descarado.

Fiquei horas no quarto fazendo escova para o cabelo ficar bem liso. Eu tinha certeza de que meninos só gostavam de cabelo liso. Eu até gostava de cabelo encaracolado, mas os meninos, eu acreditava, não.

O problema é que ficava todo mundo igual de cabelo liso e comprido. E eu nunca gostei dessa coisa de ficar igual a todas as minhas amigas. Quem segue o rebanho pisa no cocô. Essa frase quem me ensinou foi o meu avô. Que legal, até rimou! Ó! Rimou de novo! Ela é interessante porque, na adolescência, parece que está todo mundo olhando para você a todo minuto, tecendo comentários pelas suas costas, apontando para a sua roupa. Por isso acho que todo mundo passa a se vestir igual nessa época. É para não chamar a atenção. Vai saber. Adolescência é uma fase esquisita mesmo. Sem contar que a pele fica ridícula, cheia de montanhas feias que pipocam pelo rosto.

Quando o interfone tocou, dei um abração na Tuca e na Patty, elas me desejaram boa sorte, ficaram lá em casa comendo bolo de milho com a minha mãe e eu desci.

— O que tiver de ser será — banquei a filósofa de botequim enquanto me olhava no espelho do elevador.

Ele estava um tchutchuco. Um lindo. Estilo surfistinha, cabelo cor de mel ainda úmido cheirando a xampu, calça clara e uma camisa polo verde bem larguinha. Todo perfumado, cheio de segundas (e terceiras e quartas) intenções. A caminhonete do pai dele estava pronta para presenciar cenas tórridas de amor.

Ou não!

Entrei naquele carro sem a menor certeza do que iria acontecer.

No meio do caminho, o motor começou a dar sinais de que falharia dentro em breve. Eram seus últimos suspiros. Paramos em pleno Elevado do Joá, um trânsito danado. O Vinicius não acreditou, ficou megairritado. Chutou o carro, chutou o pneu, um idiota perfeito, até parece que chutar adianta alguma coisa.

Enquanto ele chutava eu liguei para casa, montei o triângulo e esperei por ajuda ouvindo rádio. Discutimos umas cinco vezes e nossa noite terminou cedo, sem um beijo sequer e cada um com uma tromba maior do que a outra.

Quando cheguei em casa, minha mãe começou a puxar conversa. Logo comigo, que estava fula da vida e ao mesmo tempo bem desapontada. Se não fosse o mau humor do Vinicius até poderia ter rolado um clima depois, mas ele se transformou com o enguiço do carro, virou outro Vinicius, que eu não conhecia. Naquela noite, só conseguia pensar em ficar bem longe dele pelos próximos vinte anos.

Quando eu ia imaginar que a minha quase primeira noite de amor acabaria assim? Às dez horas, sem nem um beijo mais empolgante? Percebi que a vida, como diz a Joana, realmente não é um esquema, não é uma coisa que a gente planeja e acontece, uma peça que a gente ensaia e dá certo na hora em que sobe o pano. Precisamos viver cada dia e deixar os acontecimentos nos surpreenderem. Antes de dormir, xinguei o mau humor do Vina, o Vina, o carro do pai do Vina e o domingo, claro.

Minha primeira vez não podia mesmo rolar num domingo.

Chamei a Patty para ir lá em casa no dia seguinte.

— Não acredito que na noite em que você ia entregar a ele sua Juciléia deu tudo errado. Que azar!

Essa era a Patty. Para ela, os órgãos genitais não podiam ser chamados de órgãos genitais, só de coisinhas engraçadinhas e bonitinhas, ou nomes esquisitos.

— Patty, não está na hora de você parar de usar esses termos? Você já tem 19 anos, cara! Os meninos não pagam esse mico, ninguém diz para os caras chamarem o dito-cujo de Lucivaldo, cravinho, perepepezinho ou cavaquinho — estrilei.

Nunca entendi essa nomenclatura que passa de mãe para filha. Será que é por que acham vagina uma palavra feia? Eu não tenho a menor vergonha de chamar minha vagina de vagina. Va-gi-na. Quando eu era pequena, minha mãe me ensinou a chamá-la de vagininha. Mães e professoras adoraram, e eu acabei lançando moda na escola.

Acho que essa coisa de chamar a dita-cuja de outro nome vem lá de trás, quando sexo era um tabu, quando as avós das nossas avós casavam virgens e faziam sexo somente debaixo do lençol. E de luz apagada. Para elas, junção carnal era sinônimo de procriação, não tinha nada a ver com prazer. Vai ver era normal chamar a vagina por outro nome naquele tempo porque vagina devia ser considerada uma coisa impura, feia, quase um palavrão, sei lá.

Só sei que o meu hímen continuava, como o da Patty, intocado.

Três noites depois da noite que não aconteceu o Vinicius ligou e fizemos as pazes. Porque ele pediu mil desculpas. Se não tivesse pedido, que fique claro!, não teria conversa. Afinal, ele tinha se transformado num monstro no domingo em que tudo deu errado.

Desculpei, mas continuamos sem nos ver. Como aquele romance com o Vina não andava nem desandava, quem sofria com a situação era a minha mãe. Eu estava chata, chata, chata. Chatérrima. Dava mil foras nela todo o tempo, patadas e mais patadas, gritava com a casa inteira, estava insuportável.

No dia do meu aniversário de 16 anos, o Vinicius ligou e pediu mais mil desculpas. Explicou que não pôde evitar a cara de bunda porque afinal o carro era do pai dele, ele se sentia responsável por ele etc. Aí eu disse que motores pifam, camisinhas furam, coisas inesperadas vivem acontecendo, a culpa não era dele.
O problema é que o conserto foi caro. Mas pelo menos o pai dele tinha grana para pagar. Imagina se fosse uma família menos abonada? Conversamos horas a fio e percebi que ele havia se transformado no menino-mais-carinhoso-do-mundo. Isso sem contar que ele me mandou buquês de flores durante todo o dia. Sim, ele era um fofo. O último veio acompanhado de um coração de pelúcia. Super, superfofo.
Reatamos, claro. E eu estava feliz da vida. Minhas amigas foram unânimes: faltava muito pouco para o dia D. O problema é que eu ainda remoía um sentimento chato em relação a ele e ao piti que ele tinha dado com o lance do motor. Resumindo: eu estava de bico. E quem está de bico não relaxa. E como todo mundo dizia que relaxar era o segredo para uma primeira vez sensacional, eu discordava das previsões e acreditava que não deixaria de ser virgem tão cedo.
Na verdade, sempre achei que o segredo de uma boa noite de sexo estava no beijo. O beijo, sim, é a alma do negócio. Outro dia li numa revista que um beijo pode aumentar os batimentos cardíacos de 70 para 150 vezes. Uau!
E beijar é tãããoo bom!
A Patty costumava dizer que todo primeiro beijo é ruim.
— O meu foi babado, sem gosto, sem graça e muito aquém das expectativas. Por que é que com sexo vai ser diferente? — ela dizia.

O meu também foi horrível. Eu estava certa de que beijo tinha um gosto bom, mas foi uma decepção: tinha gosto de joelho. Eu devia ter uns 12 anos. A língua do menino ficava dura, não molinha, como acho que deve ser. Mas beijo fica melhor com o tempo, com a prática... então, com sexo podia ser a mesma coisa, eu acreditava.

Voltando ao Vina...

Na sexta ele disse que tinha um presente para mim, uma surpresa, e me chamou para sair no dia seguinte. Desnecessário dizer que fiquei louca para que o dia seguinte chegasse logo.

Fiz o estilo hippie chique, sainha branca comprida, cabelos soltos, sandalinha rasteira. Uma coisa bem Rio, bem eu. Cinco minutos depois de me dar por "pronta" (ou seja, ainda faltava trocar de blusa e de bolsa, retocar o gloss pela nona vez, botar mais perfume, mais blush nas bochechas, para dar ar de saúde, e dar mais umas vinte olhadelas no espelho), o Vina interfonou.

Ele foi novamente no carro do pai, o tio Mário, gente boa à beça. Se não fosse o tio Mário, meu namoro com o Vina teria sido bem monótono. Já imaginou? Do play para casa, da casa para a piscina, da piscina para o play, do play para casa, uma voltinha pelo condomínio aqui, outra ali... uma chatice.

Não que eu fosse uma Maria Gasolina, Deus me livre e guarde, mas que carro ajuda na hora do amor, lá isso ajuda. Tudo bem que pode ser meio incômodo de vez em quando, mas não dá para discordar, é romântico namorar num carro.

Mas só namorar. Com o local da minha primeira vez eu sonhava alto. O ideal seria que acontecesse no verão, no Hemisfério Norte, mais precisamente num lago cristalino de uma fazenda nos alpes suíços, sem nenhum bicho por perto (odeio insetos, cobras, aranhas, formigas e afins), um céu de brigadeiro, só nós dois, mais ninguém, Louis Armstrong cantando "What a Wonderful World" ao fundo...

Pausa! Preciso me explicar. Lembre-se de que eu tinha 16 anos e meninas de 16 anos vivem dizendo e pensando absurdos e bobagens. Afinal de contas, "What a Wonderful World" com o Louis Armstrong é linda, mas não dá! Não dá! Ninguém merece "What a Wonderful World" na trilha sonora de sua primeira vez! A junção de imagem e música daria o clipe mais brega do mundo!

Na época, porém, eu achava essa canção uma maravilha, perfeita para a ocasião. Não conseguia fechar os olhos e imaginar como soaria inegavelmente ridículo uma música dessas na primeira noite de sexo de uma mulher. Hoje sei que um Djavan cai bem melhor. Aliás, o Djavan sabe das coisas. Faz aqueles blues suingados, deliciosos, sensuais. Ai, ai... O Djavan. Eu superpegaria o Djavan. Pronto, falei.

Desci no elevador torcendo para que o Vinicius não implicasse com o pequeno decote da minha blusa. Ele sempre foi ciumentinho, tinha ciúme até da minha sombra. E, apesar de ser um tanto ciumenta, eu sempre odiei ciúme. Ciúme é péssimo. A gente sofre, imagina coisas que não existem, sofre, imagina mais coisas que não existem, sofre, briga, sofre, chora baldes, sofre e estoura. Nessa brincadeira a gente envelhece, estressa e deixa a pessoa amada de mau humor.

Lembro como se fosse hoje, bati os olhos no Vina e logo constatei que ele estava um pedaço de céu. Cheiroso, queimadinho de sol, olhar irresistível de filhote de gatinho carente e ainda com um buquê de flores nas mãos. Quase falei "Dou casa, comida e roupa lavada", mas resisti à piada idiota. Homens gostam de um jogo duro, eu já tinha aprendido essa lição aos 16 anos. Ele me deu as flores e me abraçou deslizando as mãos suavemente pela minha cintura. Grudou todo o corpo dele no meu e me deu um beijo espetacular. Depois, abriu a porta do carro, o que foi uma graça, e me deu uma caixinha de madeira que estava no porta-luvas. Era um colar lindo, delicado, todo artesanal. Ele sabia que eu amava coisas diferentes, feitas à mão, vendidas em feiras e bazares alternativos.

— Comprei no ateliê de uma artista plástica em Vargem Grande.

"Nossa! Isso é que é alternativo", pensei. Ele continuou:

— Vi no jornal outro dia uma matéria com essa artista e achei a sua cara. Vai contrastar com a sua pele e te iluminar ainda mais. Gostou? — galanteou.

— Mas... meu aniversário já passou...

— E a gente precisa de data especial pra dar presente? Bom é surpreender...

"Que lindo! Que menino é esse!? Estou completamente encantada. Mais encantada do que nunca", confabulei em silêncio, coração aceleradíssimo.

— Eu amei, Vina! — respondi, enquanto tascava nele mais um monte de beijocas.

No carro, ele fechou as janelas e ligou o ar-condicionado no máximo. Em seguida, trocou o CD de *surf music* por um da Erykah Badu (do pai dele) e botou a música mais melada, mais lentinha. Hum... mesmo na ingenuidade dos meus 16 anos pude perceber que o Vinicius estava, sem dúvida nenhuma, com segundíssimas intenções. Cada passo parecia ter sido milimetricamente calculado. Ele me levou para um restaurante japonês deliciosamente romântico, desses em que a gente come sem sapato, em pequenas salas reservadas previamente para dois. Ele escolheu a dedo. O *restô* era tudo de bom, com uma vista inacreditável para as praias de Ipanema e Leblon. O céu... O céu estava lindo. A luz de uma lua enorme de cheia refletia no mar e fazia aquele cenário parecer uma pintura.

Comemos muito mas, acima de tudo, beijamos muito. Muito mesmo. Posso dizer que o jantar foi uma delícia, em todos os sentidos. "Isso sim, está com cara de primeira vez", pensei.

Na saída, me bateu uma certa vergonha. Na verdade, fiquei meio na paranoia. Sei lá, nesses tempos vigiados vai que tinha uma câmera bisbilhoteira escondida na salinha onde a gente estava jantando e beijando, mais beijando que jantando? Será que algum garçom viu? Será que vários viram?, eram perguntas que me angustiavam.

— Quem liga se eles viram? Se viram, não viram nada demais, só um casal que se gosta muito, que não consegue ficar separado nem um segundo — disse ele.

A gente era assim, quando saía não parava de se olhar, de se abraçar, de se admirar. Éramos dois apaixonados.

Bom, perto do restaurante fica a avenida Niemeyer, endereço de alguns motéis. Entramos no carro. Ele girou a chave e ligou o ar no máximo. Em poucos segundos, estávamos praticamente no Polo Norte. Só então percebi a verdadeira função da baixa temperatura:

— Ai, Vina, que frio, diminui isso — reclamei, enquanto, dengosa, me aproximava dele e fazia charme.

— Espera, vem cá que eu te esquento... — gracejou ele, me puxando ainda mais para perto, enquanto esperava o sinal abrir para poder pegar a Niemeyer e seguir rumo à Barra.

Achei que ele fosse perguntar, falar alguma coisa sobre a proximidade dos motéis, mas que nada. O sinal fechou, ele pegou a Niemeyer e não foi para a Barra. Embicou no *Amor sem Barreiras*, um motel, segundo ele, tipo "baratinho e honesto".

Emudeci. A única coisa em que eu consegui pensar foi na saliva seca que teimava em descer pela minha garganta.

Eu, euzinha, na porta de um motel!

Motel!

!!!!!!!!!!!!!!!!!!!!!!!!!!!!!!!!!!!!

Tentando demonstrar naturalidade, mas com um buraco enorme no estômago, primeiro fiz uma cara de espanto, do tipo "Vinicius, não acredito que você embicou aqui!", para depois emendar com uma cara de concordância, do tipo "Vinicius, não acredito que você embicou aqui...".

O que umas reticências não fazem? Ele ficou todo soltinho. Abriu um sorriso largo e foi logo tomando as providências.

Meu namorado estava visivelmente animado.

— A suíte regular, por favor — pediu à mulher da guarita da entrada, olhando para mim orgulhoso, sorrisinho nos lábios.

Não ouvi o que ela disse, mas pude presumir que não batia com os planos dele.

— Quê? A promoção não está mais valendo? — ele perguntou, pondo a cabeça bem para fora do carro, tentando fazer com que eu não escutasse a conversa.

Novamente não consegui ouvir o que ela respondeu, mas deu para imaginar.
— Como assim só de segunda a quinta? E quem só pega o carro emprestado do pai na sexta e nos fins de semana? Isso é um absurdo, um preconceito contra os sem-carro! Eu quero falar com o gerente! O gerente! — ele perdeu as estribeiras e deixou o volume falar mais alto.
— Calma, amor. Não precisa dar ataque. Vamos para outro lugar — sugeri, meiga.

Àquela altura eu estava tão encantada pelo Vina, que cheguei a achar uma fofura ele ter apurado que o motel estava em promoção, contado o dinheirinho e feito tudo aquilo para que eu me sentisse à vontade. Achei muito lindo, mesmo. E, surpresa das surpresas, eu não estava nem um pouco preocupada com a minha mancha. Nem lembrava que ela existia e sabia que não seria uma mancha que mudaria os sentimentos do Vina por mim.

Resolvemos ir para o condomínio de um amigo dele, no Itanhangá, que tem uma espécie de mirante lááá no alto. Subimos uma ladeira que parecia não ter fim e, quando chegamos, demos de cara com um céu estrelado, uma lua cheia e o desenho das montanhas. O lugar estava vazio. Além de nós só mais dois carros, um bem distante do outro. Ambos com as janelas embaçadas. Ele estacionou. Hum, aumentou a música. Hum... música do tipo lentinha, propícia a momentos intensos. Momentos de carinho, digamos assim. E aumentou o ar de novo.

Apesar de me sentir num frigorífico, dada à baixa temperatura, meu peito não parava de esquentar, meu corpo estava em ebulição. Senti um vulcão na barriga. Um vulcão que me deixou toda quente, se desse para tirar a temperatura só da minha bochecha ia dar uns 40 graus.

Quanto mais eu beijava e relaxava, menos eu pensava bobagens relacionadas à minha mancha. Estava tudo muito natural e instintivo. A única coisa em que eu conseguia pensar era como aquilo estava bom e como eu gostava daquele menino que me abraçava tão forte, com tanta vontade. Não me importava se ele era o homem da minha vida ou não. Ele era o homem que eu amava (e muito) naquele momento.

Tudo bem, tudo bem, não foi essa maravilha o tempo todo. Num determinado momento, o nervosismo tomou conta de mim.

— Ai, Vina, cuidado com essa perna! O ossinho do seu tornozelo está massacrando a minha batata da perna! Pô, Vina, tira o cotovelo de cima do meu peito, assim você me machuca! Vem cá, não é melhor a gente ir para o banco de trás?

— Não, né, Nanda? O banco da frente abaixado é muito melhor. Deixa comigo.

— Deixa comigo nada, eu não estou nada confortável...

Nessa hora me vi obrigada a parar de resmungar. Vinicius me pegou com vontade e me deu um beijo daqueles. Sabe beijo de tirar o fôlego, beijo demorado, beijo gostoso, mesmo? Pois é. Esse beijo. Nossa, como beijava bem o menino! Beijamos para lá, beijamos para cá, uma gostosura. Teve amor, carinho, respeito, amizade. Aos poucos, consegui relaxar por completo e deixei acontecer.

E foi ótimo. Perfeito. Mesmo naquele aperto todo.

Quando cheguei em casa, não era mais uma menina virgem. Era uma mulher. Mulher, não. Mu-lherrrr. Assim, dito bem devagar e pausado. Saí do banho, fui correndo para o espelho e fiquei alguns minutos pelada na frente dele. "Será que mudou alguma coisa? Será que estou com o corpo diferente, com corpo de mulher? E minha mancha? Olha minha mancha... Era tão imensa e agora parece tão nada... E minha mãe? Será que ela vai perceber só de olhar para mim? Será que meu quadril vai aumentar? Ai, não, por favor! O peito vai crescer? Sim, sim, tomara que sim! O olhar vai mudar? Olhar de mulher é diferente de olhar de menina", pensei.

Essas foram apenas algumas das perguntas que me fiz diante da minha imagem refletida no espelho.

Ainda nua, escrevi no meu diário: *"Foi num lugar espremido e sem graça, mas com o verde e as montanhas do Rio como testemunha, com sintonia e cabeça livre de pensamentos esquisitos. Foi mágico e a dor foi mínima, quase zero, nem chegou a atrapalhar. Eu espero que a primeira vez de todo mundo seja assim. Sem medo, com confiança e amor. E entrega total. Quanto à mancha... Que mancha, mesmo?"*

Curti aquele momento sozinha. Só eu e o Vinicius sabíamos, era um segredo nosso. Claro que no dia seguinte as minhas amigas saberiam. Os amigos dele saberiam — sem a riqueza de detalhes da minha versão para as meninas, claro, mas iriam saber, ou você pensa que menino também não conversa sobre menina?

E meus pais? Deveriam saber? Hum...

"Quem sabe depois de amanhã?", cogitei. Ótimo, estava decidido.

Meu sorriso ia de orelha a orelha. Meu olho brilhava, minha pele parecia mais macia, mais bonita. Eu estava mais bonita. Talvez porque estivesse me sentindo uma menina feliz. Não, não, desculpe, falha gravíssima, uma mulher feliz. E eu não conseguia parar de me achar linda. Linda e completa. Não foi exatamente num lago suíço, mas foi tããão bom! Estava metida que nem eu me aguentava. Metida por ter dado tudo certo e por ter passado pela situação sem traumas. Estava mais que metida, estava o que minhas amigas chamavam de "insu". E estava mesmo, in-su-por-tá-vel.

Antes de dormir, já com a cabeça no travesseiro, concluí que valia a pena esperar pelo momento certo. E esse momento pode acontecer em dois dias de namoro, dois meses, dois anos. Do alto da minha experiência de garota-que-perdeu-a-virgindade-uma-hora-atrás, podia afirmar que a decisão chega na hora certa. Quando tem de rolar, rola. Sem essa de ir com sede ao pote só porque as amigas já não são mais virgens (o que sempre considerei um papelão), sem essa de vergonha do seu parceiro, do seu corpo, das marcas do seu corpo... Aliás, foi tão apertado e tão escurinho que ele nem teria visto minha mancha se eu não tivesse criado coragem para mostrá-la.

— Seu corpo é lindo. Tudo em você é lindo, Nanda. E essa mancha te faz única.

Essa mancha me faz única, repeti em pensamento. Sim! Essa mancha me faz única!, repeti mais uma vez para mim mesma.

E não é que eu nunca tinha pensado por esse ângulo? Viva o Vina!, comemorei, felizona.

No dia seguinte, abri os olhos e só pensava numa coisa: precisava contar para a Clara, para a Tuca, para a Teresa, para a Patty e para Joana. Urgentemente.

Abriu o maior sol. Pulei da cama e liguei para as meninas. Todas ficaram histéricas, mal me deixaram perguntar

"Vamos à praia?", tomaram-me de perguntas: "Como foi?", "Doeu?", "Vão casar?", "E o primeiro filho, vem quando? Já sabe o nome?", "Detalhes! Detalhes!", e coisas do gênero. Disse que só responderia na areia.

Peguei a balsa do condomínio, cruzei o Canal de Marapendi, caminhei um pouco e logo estava na praia. Antes de descer a escada que dá acesso à areia, eu parei no calçadão e girei 360 graus, bem devagarinho. Babei pela vista monumental, pela geografia das ilhas, pelo azul do céu em perfeita harmonia com o tom inacreditavelmente verde-água do mar. E agradeci. Por estar viva, por ser e morar nesta cidade violão, cheia de curvas, por poder desfrutar dela por inteiro.

Já na areia, enquanto eu confabulava com um sorriso abobado sobre a noite passada, as meninas chegaram. Só de olhar para elas percebi que queriam saber tudo. Tu-do. E ainda me deram os parabéns, as palhaças. Antes de me cumprimentarem com nosso habitual beijo seguido de abraço apertado e demorado, dispararam:

— Conta! Conta! Conta!

— Foi tranquilíssimo. Lindo, romântico quando tinha de ser romântico, gostoso na hora do gostoso, cumplicidade a cada minuto. Foi maravilhoso! — comecei. Contei tudo. Com detalhes.

E tirei o vestidinho que usava. E causei o maior espanto.

— O quê? Você de biquíni? Aleluia! Enfim essa barriga branca vai ganhar uma cor! — brincou Teresa.

— O que houve? — quis saber Joana, sorriso feliz nos olhos.

— Acabou o complexo, gente. Essa mancha me faz única.

Como foi bom me ouvir dizendo essa frase. Poderia dizê-la repetidas vezes durante o dia todo.

Elas aplaudiram, com direito a uhus e olhos verdadeiramente emocionados.

Lindas.

Sempre que me lembro dessa cena me arrepio. Foi como um renascimento pra mim. Eu era uma nova pessoa, uma pessoa que usava biquíni! Que confiava mais em si mesma.

Em pouco tempo, o Vina chegou. Ele estava um espetáculo, sarado, abdômen dividido, cheio de marra. Quando se aproximou falou rapidamente com as meninas, pegou meu braço, me puxou da cadeira carinhosamente (e eu ignorei as minhas celulites, que se espremeram consideravelmente com a contração causada pela surpresa do puxão), me deu um abraço e um beijo daqueles. Ficou ali com a gente um pouquinho, deu beijinhos na minha barriga branquela (ooowwwnnn!) mas não demorou muito bateu nele uma vontade irresistível de bola. Juntou-se com mais três amigos e começaram uma partida de futevôlei.

Voltou do jogo quase duas horas depois, me deu um beijo suadinho e falou que o pai tinha viajado com a namorada para Búzios. Fomos para a casa dele logo em seguida e, depois de um papo e umas bitocas, rolou de novo. E quer saber? Foi mais maravilhoso ainda. Ainda melhor do que a primeira vez. E era só a segunda, hein?

Namoramos por mais um ano. E ele nunca sequer falou da minha mancha. Demais, né? Quando terminei o Ensino Médio fui estudar no Canadá, o namoro via e-mail esfriou... foi duro, difícil mesmo. Separar é sempre muito chato.

O bom dessa história é que ficou uma amizade bonita. Não vou dizer que ele é aquele amigo que eu vejo toda semana, mas a gente sempre se fala nos aniversários e datas especiais. Atualmente, ele trabalha com uns amigos numa empresa que faz legendas para filmes e séries e tem um filhinho de 2 anos, o Tom, que me chama de Tia Nanda e é a coisa mais linda.

Eu estou casada há um ano com o homem da minha vida, pretendo engravidar só daqui a uns três anos e divido um consultório de psicologia no Jardim Botânico com uma amiga. Minha especialidade? Adolescentes.

Patty

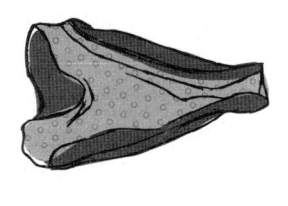

Fui criada numa família em que o diálogo era praticamente inexistente. Digo diálogo que importa, diálogo em que um fala, o outro realmente escuta e fala de volta. Conversávamos, sim, sobre muitas coisas. A novela, a cotação do dólar, o corte de cabelo da vizinha do lado...

Para você ter uma noção, descrevo abaixo uma típica conversa de depois do jantar, forçada, arrastada, cansativa e, na maioria das vezes, sem nenhum propósito:

— Nasceu a sobrinha da Manoelita... — começava mamãe, entusiasmo no pé.

— É mesmo? Olha só, nasceu a sobrinha da Manoelita... — papai completava, entusiasmo negativo.

— Quem é Manoelita? — dizia eu, sem ter a minúscula ideia de quem era a tal Manoelita.

— Nossa prima de segundo grau, do Mato Grosso! — mamãe me repreendia.

— Ããㅠ... — eu reagia à superinformação, olhos entediados no prato.

Jamais nos prolongávamos em temas sérios. Sexo, então, passava longe dos nossos papos. Minha mãe ruborizava quando falava de sexo. Meu pai ruborizava quando falava de sexo. Éramos aquela família que quando assiste a um filme na tevê fica muuuuito, mas muuuuito desconfortável ao ver o mocinho e a mocinha começarem a tirar a roupa. Ficava tão envergonhada que sentia meu corpo inteiro esquentar. Meu pai logo arrumava uma desculpa para sair da sala e eu e minha mãe, para tentarmos disfarçar nosso desconforto, permanecíamos imóveis, não mexíamos uma palha e nem olhávamos uma para a cara da outra. Eu chegava até a prender a respiração, para ela esquecer que eu estava ali.

Devo admitir que nunca fui uma pessoa muito normal quando o assunto era sexo. Na verdade, sempre tive uma certa (mentira, muita, muita!) aversão ao assunto. Não conseguia pensar em sexo de forma natural. Sexo para mim era o tal do tabu. Mentira de novo, eu tinha nojo de sexo. No-jo. Isso mesmo. Só de imaginar um corpo nu em movimento contra outro corpo nu, ambos suados e beijados — o que para mim significava babados, eeeeca! — eu surtava.

Fui durante muito tempo motivo de chacota entre algumas amigas-não-tão-amigas, que viviam fazendo piadinhas sobre minha virgindade. "Para quem você tanto se guarda?", "O que você acha? Que é de ouro?", "Quanto mais velha você ficar menores serão as chances de você encontrar um cara que tope tirar a sua virgindade", eram as frases que ouvia mais frequentemente.

É pelo que passam meninas de 19 anos que se mantêm virgens. Aliás, minha implicância com sexo devia vir da expressão "tirar a virgindade". Essa expressão traz inúmeros conceitos embutidos, mas o principal é: a virgindade é um bem precioso, que deve ser guardado, antes que algum cruel desalmado a tire de você, sem dó nem piedade.

E eu sempre achei uma maldade gente que tira leite de criança, que tira dinheiro de pobre, por que eu acharia bom saber que tem gente que tira a virgindade de mocinhas virgens? Com o perdão do clichê, a sociedade é cruel com a mulher, e foi exatamente nessa época que descobri isso.

Várias vezes me sentia uma café com leite, era ridículo. Assuntos mais picantes eram somente tratados por alto comigo. Por quê? Porque a maioria das pessoas é idiota e acha que uma mulher não está apta para conversar decentemente sobre sexo e afins quando é virgem. Uma bobagem. E, acima de tudo, um preconceito.

Muitas meninas gostavam de me fazer sentir careta, fora de moda. Houve um tempo em que isso me entristecia. Depois, passei a ignorar os outros e, principalmente, a opinião dos outros. Desde então, sou muito mais feliz.

É bem verdade que eu não gostava muito de conversar sobre sexo. Nem sobre coisas que lembravam sexo. Vagina, por exemplo, não existia no meu vocabulário. A cada hora eu chamava a dita-cuja de uma coisa: margaridinha, pétala, ursinha, Jucileia... Vagina, jamais! Mas isso não tinha nenhuma relação com a minha virgindade. Eu apenas não me sentia confortável falando sobre isso, pensando nisso, sonhando com isso.

Tanto que jamais contaria esta história usando tantas vezes a palavra sexo. Nas conversas com minhas melhores amigas, elas viviam rindo da minha cara. Tudo porque eu jamais dizia sexo.

— Sou virgem, mas estou me preparando. Beijei um no mês passado e outro neste mês — eu me gabava. Nunca fui de ficar, por isso, era um feito e tanto beijar um num mês e outro no mês seguinte.

A verdade é que eu nunca me interessei muito por meninos. Teve um tempo em que eu até achei que era assexuada.

— Nessa lentidão você vai perder a virgindade no próximo século — implicava Joana.

— Vocês sabem que só quero "regar o jardim" depois do casamento e com meu príncipe encantado, o meu marido — eu delirava em voz alta.

— Louca! Ou é marido ou é príncipe! — observava Teresa.

— Você não bate bem, né, Patty? Você não pode dizer para um cara, entre carícias e beijos ardentes, que você quer 'regar o jardim' — bronqueava Nanda. — Ele vai fugir de você na mesma hora! E ainda vai ficar traumatizado para vida toda com plantas, folhas e flores! — completava, entregando-se a uma gargalhada gostosa.

— Dâââ! Já pensei nisso, tá? Se o negócio ficar quente, vou dizer que quero "mudar os móveis de lugar". Não é melhor? Tão romantiquinho!

Quanta asneira a gente diz quando tem 19 anos!

Essa história de casar virgem era verdade. Eu achava bonito mesmo. Admirava uma noiva se casar de branco e todos os simbolismos e significados de um casamento tradicional. Além do mais, isso era ótimo porque adiava por tempo indeterminado minha primeira vez, o que eu adorava. Sem contar que sempre gostei de ser... "pura", não me pergunte por quê. Esperava dizer o sim vestida de branco na mais perfeita pureza, na mais completa castidade. É... Eu achava legal ser casta. Não bastasse a minha falta de familiaridade e afinidade com sexo, botei na cabeça que ser virgem dava muito menos trabalho que não ser virgem. Minha linha de raciocínio era mais ou menos assim: as não virgens tinham de ir sempre ao ginecologista, as virgens nem tanto. Ou seja, economia. As virgens não gastavam com métodos anticoncepcionais, nem pensavam nisso. De novo: dinheiro no cofrinho por mais tempo. Mas principalmente, e nada a ver com números, virgens não precisavam contar para a mãe que continuavam virgens. E eu não me imaginava contando minha primeira vez para a minha mãe. Uia! Muito menos não contando. Uuuia!

Para mim, valia a pena esperar. Não por religião, ou por romantismo, ou por medo... mas... Ah, já tinha esperado tanto tempo, que fosse mesmo com o meu marido.

— E se o cara for maravilhoso, mas não for maravilhoso em outros departamentos do casamento? — perguntava Tuca.

— Quando tem amor... — eu delirava.

— Não mesmo! Não tem essa! Sexo é uma parte importantíssima do relacionamento. Como é que você vai prometer ficar com um cara para o resto da vida se você não souber se gosta dele em todos os sentidos? Isso é insanidade! — reagia Nanda. E com um olhar cheio de malícia, se achando. Na época, seu namoro com Vinicius estava a toda, o bastante para que ela se considerasse a nova deusa do sexo.

Tudo bem, tudo bem. Ela estava no direito de melhor amiga, queria argumentar, discutir. Mas eu era cabeça-dura e criava mil, milhões de obstáculos quando o assunto era sexual. E com toda a minha paranoia e meu nojo de sexo (tinha até nervoso de pensar no enjoo que eu sentiria com o cheiro da borracha da camisinha nas mãos), resolvi acreditar nas minhas verdades e me manter intocada. Afinal, sexo para mim não era mesmo grande coisa.

A verdade é essa: como sexo para mim não era grande coisa, optei por esperar algo especial acontecer dentro de mim. Não era exatamente um sonho casar virgem. Não era um ideal. Era comodidade mesmo. Claro que na época eu não tinha essa visão. Eu era uma adolescente de 19 anos. Uma quase-bebê de 19 anos.

Minha sorte foi esbarrar com o Tavinho, um cara que entrou na minha vida para me fazer o bem. Numa noite, fui a uma boate com a Tuca e lá, como voltaríamos de táxi, me permiti tomar uns drinques. Sou fraca para bebida, quase nunca bebo. Confesso, fiquei alegrinha, alegrinha.

Dancei, soltei-me como nunca, botei os braços para cima, fiz biquinho, tentei ser sexy pelo menos por alguns segundos e... consegui! Capturei um olhar masculino. Tavinho ficou imóvel ao me ver toda sacolejante na pista, gostou do que viu. O teor alcoólico do meu sangue me transformou, eu era a própria Madonna, a rainha da pista.

Eu dublava, interpretava os versos das músicas com ardor, com paixão. Tudo registrado no microfone imaginário que eu segurava numa das mãos.

Tuca não me reconheceu.

— Quantos drinques você bebeu? — ela quis saber.

Dois. Eu tinha bebido duas margaritas. Estava deliciosamente grogue, como nunca havia ficado. Coisa leve, ondinha boa, um pilequinho... nada que me fizesse enrolar a língua, longe disso! Acho de última gente que não sabe beber, que bebe até cair. Mulher bêbada, então... Aff!

Olhei para o Tavinho, ele veio na minha direção. Olhei mais fixamente, olhei com vontade, como nunca tinha olhado para nenhum cara. Eu não me reconhecia. Será o álcool?, pensei.

— Você é a menina mais linda que eu já vi na vida.

Pode parecer história da carochinha, mas aquela mentira deslavada me comoveu. Ele usou a cantada mais velha e batida da face da Terra, mas eu resolvi cair! Enquanto pensamentos libidinosos tomavam conta da minha cabeça pela primeira vez depois de tanto tempo sem namorado firme, eu comecei a fazer carinho no braço dele.

Sim! Eu fiz carinho no braço dele! Um espanto. Mas eu estava alegre (eufemismo para pilequinho) e carente (eufemismo para encalhada). Mais alegre do que carente. Acarinhando o braço do menino, percebi que ele tinha uma veia saltada no pulso, e eu amo veias saltadas.

Fiz charme, sorri de piadas sem graça, olhei no preto do olho dele. Quando dei por mim, estava aos beijos com o Tavinho. Logo eu, que odiava beijar em público, era contra beijar estranhos e não gostava nada desse negócio de ficar. E abominava a ideia de ficar com a cara toda borrada de batom. Mas, não sei se pelas margaritas ou se pelo ambiente estroboscópico, pela primeira vez na vida nem liguei.

E olha que ele não era nenhum príncipe. Não! Longe disso! Era parrudinho, baixinho e usava um sapato que era o retrato do mau gosto. E não era um total estranho. Já o tinha visto pelo condomínio algumas vezes, era primo de um garoto do bloco 3.

Papo vai, papo vem, a cada minuto que passava gostava mais daquele cara, da sua conversa, do seu astral, do seu cheiro. E isso me surpreendeu. Estava alegrinha, sim, mas ciente de todos os meus atos e eles, naquela hora, eram escancaradamente sedutores, berravam, suplicavam "me leva daqui!".

Ele falava pelos cotovelos. Mas eu gostava de ouvi-lo falar. Gostava de suas histórias e me peguei várias vezes me imaginando no dia seguinte na sua companhia, ou mesmo lamentando não tê-lo conhecido antes.

Coisa esquisita. E aconteceu aos poucos. Quando dei por mim, tudo o que eu mais queria era que aquele cara, com quem eu não tinha a menor intimidade, estivesse sozinho comigo naquele lugar. Queria ter o dom de fazer desaparecer aquela multidão de jovens barulhentos e ficar só com ele.

Mais conversa, mais beijo, sim, muito mais beijos, e ele fez, enfim, a proposta de irmos para um "lugar mais calmo".

A Tuca não acreditou quando eu contei que ia embora com o Tavinho:

— Acho que vai rolar alguma coisa... — eu disse no ouvido dela, soltinha, soltinha, toda sorrisos, de mãos dadas com o meu bonito.

— Mentira! Com o Tavinho?

— É! O que é que tem?

— Ele é um fofo, mas já apresentei vocês mil vezes e você nunca se lembra dele. É primo daquele menino do bloco 3... como é mesmo o nome?

— Pois é, também não sei. Me deseja boa sorte?

— Boa sorte! Cê tá bem, né?

— Tô ótima!

— Não é possível... Você... você... é a Patty mesmo ou é algum *alien* impostor que se apoderou do corpo da minha amiga?
— Não, maluca! Sou eu! Eu, mesmo. Também tô assustada, também tô espantada comigo, mas tô feliz. Feliz!
— E todas as coisas em que você sempre acreditou? E o homem ideal, e casar virgem? E seu medo de sexo? E...
— Para, Tucaaaa!
Fiquei pensativa. Era verdade. Onde estava a Patty que existia até bem pouco tempo atrás?
— Não sei! Não sei! E também não quero pensar nisso agora. Tô gostando assim... — concluí.
— Mas e se você se arrepender depois?
Lancei mão da minha frase de agenda preferida:
— Prefiro me arrepender de ter feito do que de não ter feito.
Uuuuuiaaaaa!!!
— Não sei o que vai acontecer, amiga. Sei que tá bom o que está acontecendo. Inédito. Único.
Tuca sorriu.
— Me deseja boa sorte, vai!
— Boa sorte! Boa sorte!
Nós nos despedimos dos amigos e fomos para o Love Power. Eu, num motel. Uia!
No quarto, enquanto rolava na tevê um filme erótico sem emoção e história, sem pé nem cabeça, prestes a ter a minha primeira noite de sexo (eu ia ter minha primeira noite de sexo! Nada planejada, nada almejada, nada, nada!), eu refletia sobre a minha atitude. Será que eu ia desistir? Será que ia amarelar? Será que ia acordar e ver que tudo era um sonho? Será que estava ali porque queria acabar logo com minha situação

de virgem? Não, eu sempre fui tranquila com a minha virgindade. Será que...
Ai, para de pensar!, eu me recriminei.
Eu sei, tinha opiniões muito certeiras sobre sexo mas... opiniões estão aí para serem mudadas! Opinião não é uma coisa para a gente se agarrar até o fim dos nossos dias. Pessoas mudam. Às vezes em anos, às vezes em meses. Ok, mudei em um dia. Uma noite. De uma hora pra outra. Mas existe fórmula para isso? Existe receita? Algum ser humano vem com manual? Eu não. E realmente o Tavinho mudou meus conceitos, minhas certezas... Ou então... minhas certezas não eram tão firmes assim. Eram só um escudo que eu tinha criado. Sei lá!
Pedi um café assim que chegamos. Queria deixar de lado o torpor causado pela bebida. Já praticamente sóbria, aproveitei para ir ao banheiro lavar o rosto e pensar se aquilo era bebedeira ou uma vontade real. Me olhei no espelho e não senti um pingo de arrependimento por estar num motel com um quase-estranho.
Resolvi parar de pensar no assunto sexo, voltei para a cama e passei a analisar. Analisar os dentes de Tavinho. Muito discretamente, claro. Não que eu tivesse aspirações odontológicas. É que tenho uma teoria que vem dando certo até hoje e em time que está ganhando não se mexe: só beijo meninos com arcadas dentárias que combinem com a minha.
Quando beijo arcadas maiores sinto-me devorada. Quando elas são menores, acontece uma sinfonia de dentes nada agradável. As melhores, na minha reles opinião, são as médias, com caninos pouco pontiagudos (os meus sempre foram pontiagudos e se os do

beijado em questão também fossem eu acreditava que não haveria encaixe). Além disso, eu sempre tive uma queda por dentes, por sorriso. Meninos que não sorriem nunca tiveram a menor chance comigo.

Minhas amigas, as meninas da natação, minha manicure, minha depiladora, a faxineira do meu prédio e a avó da minha vizinha, todas, sem exceção, achavam essa história de arcada dentária uma espécie de insanidade. Mas, para mim, arcadas tinham de combinar uma com a outra. E confiava tanto nessa teoria dentária (de minha autoria) que sequer me arriscava a beijar um menino que não tivesse uma arcada boa, que se enquadrasse no perfil da minha.

Certa vez, numa festa, um menino me olhou tanto, deu tanto mole, que, apesar de maldotado (odontologicamente falando, não vá pensar besteira!), resolvi ceder e conversar com ele. Enquanto falávamos, eu, obviamente, observava atentamente a disposição de seus dentes, a posição que sua língua tomava nos esses e erres, a profundidade de seu céu da boca.

Com aquele ali não tinha jeito. Mesmo. De longe eu percebi e de perto eu confirmei: caso típico de total falta de sintonia dentária. Chegou o momento em que depois de nomes, preferências, risinhos idiotas e olhares maliciosos, ele se aproximou para um beijo. Não deixei.

Fui sincera e expus minha opinião:

— Eu não vejo por que a gente se beijar. Não vai ser legal.

— Quê? Como assim, princesa? Você está falando isso porque não conhece o meu beijo...

Pronto, tinha dois motivos para não beijá-lo: a boca e o "princesa". Não que eu não quisesse ser prin-

cesa, claro que queria! Eu nasci pra ter um castelo!, mas o menino mal me conhecia, que intimidade era aquela?
— Nossas arcadas não combinam, gatinho, não batem. Nosso beijo vai ser uma bela porcaria. Melhor a gente não beijar, estou avisando.
— Você só pode estar brincando!
— Não. Estou a-vi-san-do! Não ouviu? Quem avisa amigo é.
— Mas eu não quero ser seu amigo, quero te beijar!
Que saco! Ele estava mesmo disposto a trocar litros de saliva comigo. E eu não estava muito paciente naquele dia. Achei melhor acabar logo com a situação.
— Tá! Então anda logo! Vamos beijar, vai — decretei, enquanto punha, sem um pingo de romantismo ou entusiasmo, meus braços em volta de seu pescoço e os seus em volta da minha cintura.
Beijamos.
Foi triste.
Não pude resistir e, ao fim de um dos beijos mais chochos de toda a minha vida, fui supersincera:
— Eu não disse que ia ser horrível?
De volta à minha primeira noite de sexo, arcada checada, e aprovada, ali estava eu, num motel, sem blusa (sem blusa!), com o Tavinho, uma pessoa praticamente desconhecida. Tinha como "referência" apenas o primo dele que ninguém lembrava o nome, o pessoal do condomínio, a Tuca...
Ah! Sinceramente, nem me importei com as "referências". Nunca tinha sentido tanta vontade de outra pessoa. Achei que jamais sentiria algo parecido, a não ser na noite de núpcias!

E vou dizer: foi muito bom! Ele me fez rir, me deixou relaxada, e proeza das proezas, conseguiu me deixar confortável com o meu corpo, comigo na frente do espelho.

A minha primeira vez foi divertida, acima de tudo. Nenhum estresse, nenhuma confusão, nenhum mal-estar, nenhuma saia justa... muito melhor do que eu imaginava. (Já deu para perceber que sexo, para mim, não era uma coisa, assim, maravilhosa... mas, ali, descobri que podia ser bom, sim! Muito bom!)

Estava tão relaxada, tão sem expectativas, que nem doeu, nem incomodou, nem fiquei nervosa, tensa, nem cheia de não-me-toques. Admito que no começo da noite senti apenas um pouco de medo. Medo de que ele desse uma... lambida no meu sovaco.

Certa vez um namorado lambeu meu sovaco quando estávamos numa pegação forte na casa de praia de um amigo dele. Claro que virou ex na hora que fez isso comigo. E eu fiquei dias com muito, muito nojo da minha axila. Lavava e esfregava incessantemente a coitada com água, sabão e bucha grossa a cada cinco minutos.

A Teresa, uma das minhas amigas mais engraçadas, implicava comigo:

— Ei! Ele lambeu o seu sovaco. Repito: o seu SOVACO. Se você está nessa paranoia de lavar o sovaco toda hora, esse garoto, coitado, deve estar esfregando a língua diariamente com detergente!

— O meu sovaco é limpíssimo, Teresa! Aposto que aquele lambedor de sovacos nunca lambeu um sovaco mais limpo que o meu!

Eu não disse que sempre fui muito nojenta? Tudo me enjoava. Tudo.

Antes de iniciar os trabalhos, achei melhor checar com meu futuro primeiro homem:

— Você não sente nenhum tipo de atração por desodorante ou sovaco, né?

— De jeito nenhum! — ele disse, para meu total alívio, sem parar de me beijar.

Resumindo: a primeira vez foi boa, bem boa. E eu e Tavinho engatamos num namoro que durou exatos 27 dias. E foi muito bom enquanto durou. Nutrimos um pelo outro um carinho muito especial. Ele sabe que foi meu primeiro. Contei no meio da noite (umas amigas tinham me dito que contar antes só afasta os garotos. "Eles não querem ter a responsabilidade de tirar a virgindade de uma menina", explicavam).

Por nenhum instante achei que ele pudesse reagir com espanto. Não pensei que ele fosse o tipo de menino que sua frio e pira com uma garota virgem nos braços. A maioria deles surtava quando eu contava que era virgem. Ele não. Encarou numa boa, apesar da pouca idade (não me pergunte qual, minha memória nunca foi muito boa) reagiu como um cara maduro.

No dia seguinte, as meninas não acreditaram.

— Espera aí, deixa-me ver se entendi direito. Você saiu e, quando voltou, não era mais virgem? Você? Essa história aconteceu com... VOCÊ? — Nanda perguntou, boquiaberta.

— Isso! — respondi.

— E foi bom? — perguntou Tuca, ainda surpresa.

— Foi. E também foi muito mais descomplicado do que eu pensava.

— A gente fantasia, né? — reconheceu Teresa.

— Ô... — concordei.

Não me livrei de um peso, não me senti menos careta, não passei a me sentir mais mulher ou mais experiente ou mais sabida ou melhor que as outras meninas. Não me senti mais bonita, ou mais cadeiruda. Nem mais feliz. Não estava apaixonada. Não me apaixonei por ele nos dias que se seguiram. Não passei a pensar em sexo 24 horas. O dia seguinte foi um dia como todos os outros, eu estava igual ao dia anterior. A única diferença era uma dor de cabeça lancinante, graças às margaritas — o que me fez prometer a mim mesma: "Nunca mais bebo na vida!"

E, ah, sim!, também não era mais virgem.

Simples assim.

Gostaria de ter uma primeira vez mais impactante para contar, mas essa é a minha história. Já a primeira vez com um segundo cara foi bem mais legal do que a primeira vez em si. Com um terceiro cara foi bem melhor, e assim por diante. E não me sinto melhor nem pior do que ninguém por não ter uma história de Cinderela para contar. Sou grata até hoje ao Tavinho, por ter me feito ver que conceitos são conceitos, mas podem ser revistos e até mudar com o passar do tempo. No meu caso, com o passar... das horas.

Você faz os conceitos. Você faz a sua vida.

Hoje sou muito menos exigente com os representantes do sexo masculino, mas continuo solteira. Solteira feliz! Amargura não combina comigo.

Perdi a implicância com beijo e com sexo, passei a chamar sexo de sexo, vagina de vagina (não de Jucileia), nunca toquei no assunto com minha mãe e, pasme!, virei dentista.

E nunca descobri o nome do primo do Tavinho.

Joana

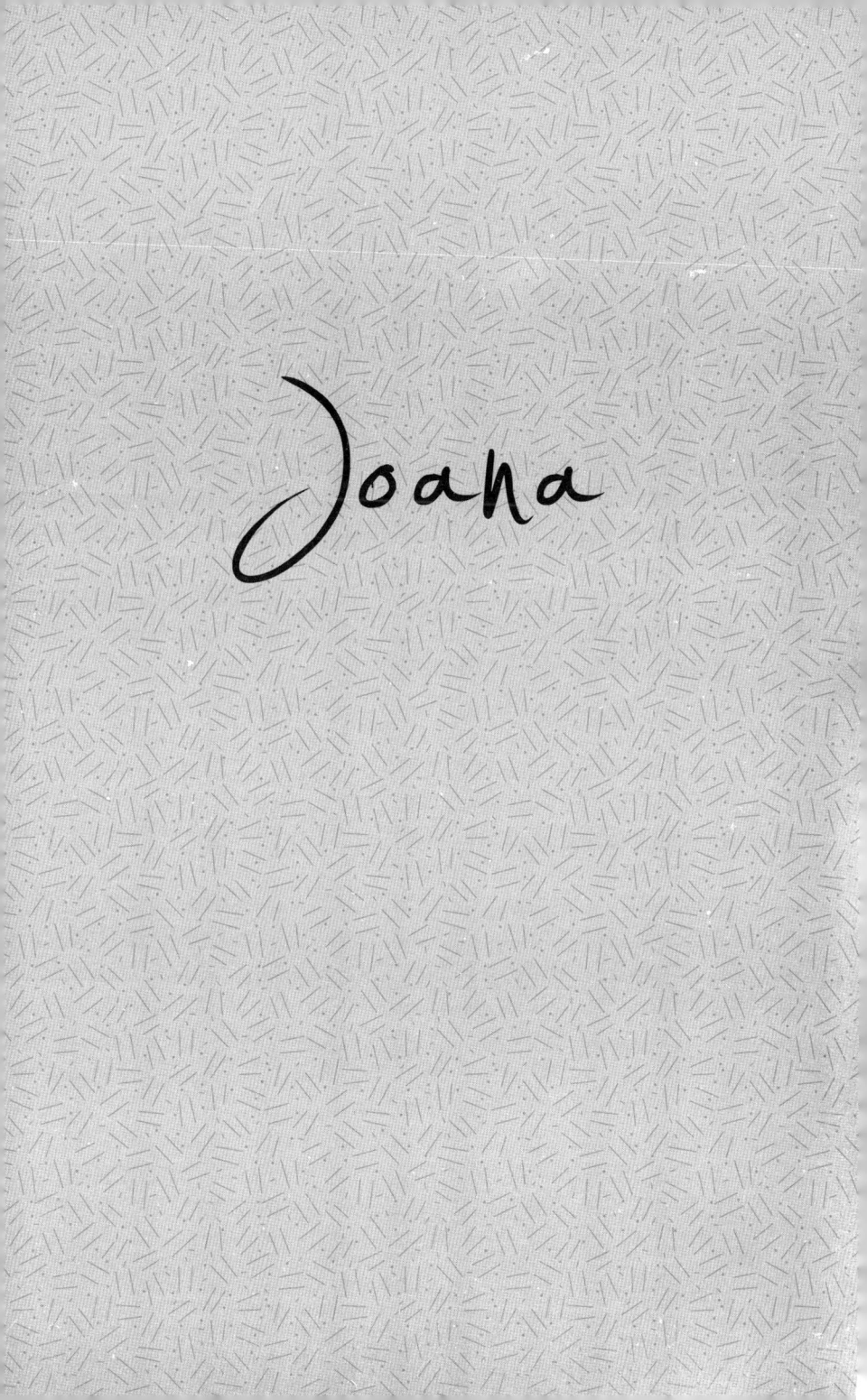

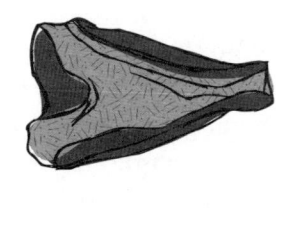

Eu passava por um momento péssimo. Devastador. Parecia que a maior onda do mundo tinha acabado de estourar bem na minha cabeça então loira-Marilyn. Tudo por causa do meu casal de *cockers*, Cão e Cadela, que tinha acabado de ter quatro filhotes lindos, Cão I, Cão II, Cadelinha e Cadelona, a filhote mais gorda da face da Terra.

Eu tinha 15 para 16 anos e mil espinhas e perguntas na cabeça de raiz quase preta. Por que os cachorros podiam se apaixonar, ter vários filhos lindos e ser felizes para sempre e eu não? Por que eu estava sozinha se todos não se cansavam de dizer como eu era bonita, como eu era gente boa, como eu era "uau!"? Cá entre nós, eu pensava que os meninos me achavam o antônimo de "uau!". Afinal, eu nunca conseguia arrumar um namorado sério. Um namorado que me ligasse toda noite e dissesse:

— Desliga voxê, Momojuco.
— Não, voxê, Amoricorico...
— Voxê, vai...
— Voxêêê...
Como eu sonhava com isso. Juro! Enquanto minhas amigas sonhavam em ter a bunda como a minha (elas diziam que eu não tinha celulite, mas sempre tive, elas é que não enxergavam e gostavam imensamente de mim), eu desejava um menino lindo, fiel, gentil, cavalheiro, surfista e bom de beijo. E, principalmente, que agradasse ao meu pai, um ciumento de marca maior, que implicava com toda e qualquer pessoa do sexo masculino que se aproximasse de mim.
Tá! Tá! Confesso que era exigente. Mas namorar não era ficar, namorar era coisa séria. Namoro podia dar em casamento, afinal de contas! Então eu, que trago no gene a implicância paterna, implicava com qualquer coisinha que não me agradasse. Implicava se o menino não fosse rubro-negro, se virasse casaca por minha causa, se tivesse caspa, se usasse pochete, se não gostasse de Bob Marley, se não gostasse de goiabada com queijo (impossível confiar numa pessoa que não gosta de goiabada com queijo!), se não chorasse de emoção, se não assistisse mais de uma vez ao mesmo filme...
Pensando bem... eu não era exigente. Era chata.
Mesmo assim, ficava com vários garotos. Uns até mais velhos, conhecidos da Tuca. Aí, tome de beijar! Beijava, beijava, beijava, a beijação rolava solta, durava no máximo duas semanas e, pimba!, ou o menino desaparecia ou eu enjoava dele — ou meu pai se encarregava de afastar o cara de mim com argumentos vazios

(mas que me convenciam) do tipo "esse não te merece, você é muita areia para o caminhãozinho dele!" ou, pior, "minha menininha nasceu para princesa, não para Amélia".

E pensar que eu, do alto dos meus 15 anos, desconhecia essa tal Amélia. Hoje, claro que sei, é a mulher de verdade sem a menor vaidade, que passava fome ao lado do amado e achava bonito não ter o que comer, desde que estivesse ao lado dele. Quando ouvi "Ai, que saudades da Amélia", samba maravilhoso do Mario Lago, pensei: "Cruzes! Eu realmente não sou essa mulher!"

Obviamente nenhum moleque de 15, 16 anos tinha intenção de me transformar em Amélia. E meu pai sabia muito bem disso. Mas, com o tempo, descobri que meu pai falava o que lhe vinha na telha. Era só para contrariar, só para implicar, para queimar o filme do pobre coitado da vez.

Pai ciumento, seu nome devia ser Incoerência.

Segui até os 15 anos não engrenando nenhum namoro.

O fato é que eu beijava muitas bocas. Muitas mesmo. Bem mais que minhas amigas. Só perdia para Teresa, a pegadora do nosso grupo. E me dava bem com os meninos mais velhos, o que fazia de mim uma pessoa invejada no condomínio onde morávamos.

Ainda tinha isso. Eu era meio popular, sabe? Popular do bem, vale frisar! Sorria para tudo e todos, era boa aluna, boa filha, amiga e defensora dos fracos e oprimidos e, sem querer me gabar e posar de boazinha, era a que mais dava roupas para o pessoal que trabalhava no colégio no fim do ano. Resumindo: querida por todos. Uma fofa.

Todo mundo me conhecia em todos os lugares, eu ia à praia desde pequena no mesmo pedaço de areia e sempre fui uma menina muito simpática e divertida, acenava para todo mundo, conhecia todos pelo nome. Os meninos achavam o máximo ficar comigo. Só que nenhum, nenhum!, se habilitava a namorar comigo.
    Sei lá por quê! As meninas tentavam decifrar o mistério de tanto encalhamento.
    — Você tem o rosto lindo, um corpo de mulherão, é loura... — começava Patty.
    — De farmácia, mas loura... — completava Teresa, cínica.
    — Parafinada ou não, o que jamais saberemos ao certo, já que você insiste que são só luzes e sol, você tem uma mistura explosiva, Jô. Os meninos ficam doidos, não acham que são capazes de ter e manter do lado deles uma menina tão linda, tão poderosa, tão especial — completava Patty.
    Nota importante: ERAM somente luzes e sol. Luzes fortes, sim, sol, sim. Meu cabelo tinha raiz preta mas era castanho médio. E eu vivia na praia, se passei alguma vez a mão com parafina no meu cabelo foi sem querer! Juro!
    Bom, elucubrações capilares à parte, o fato é que o casamento dos meus cachorros me deixou bastante deprimida. Sabe como é menina de 15 anos, né? Eu ficava bem bolada com essa história de estar sozinha, de não ter namorado, enquanto todas as meninas da minha sala já estavam começando a engrenar namoros sérios...
    Mas no decorrer da relação canina, comecei a me desiludir com o relacionamento deles (e com relacio-

namentos em geral, vida a dois e tudo o que ronda esse tema). Tudo porque percebi que a Cadela perdeu as estribeiras depois do parto. A coitadinha não aguentou o tranco de cuidar da casa, dos filhos e do marido e deu para fazer suas necessidades em plena sala de estar, a qualquer hora do dia ou da noite. Logo ela, sempre tão educada, uma lady canina.

Resultado: minha mãe quase enlouqueceu. E decidiu:

— Vou chamar um acupunturista especializado em cachorros para vir aqui em casa.

Mamãe parecia normal, mas às vezes dava claras demonstrações de insanidade.

— Assim, ela se acalma e volta a fazer as necessidades na rua, como antes — acreditava mamãe. — Essa cadela precisa voltar a ser educada!

— Meu Deus do céu! E se não adiantar furar a Cachorra toda com agulha, o que é que a gente faz com ela, dona Suzana? Meu Deus do céu! — berrava Luzia, nossa empregada, sempre desesperada.

— Se não der certo a acupuntura, boto ela num centro psiquiátrico, ué! — dizia minha mãe, como se existisse um centro psiquiátrico para cachorros. Será que existe um centro psiquiátrico para cachorros? — E o nome da cachorra é Cadela, Luzia! Cadela! — corrigia.

E o do marido da Cadela era Cão. Eu que batizei os dois. Cão porque a palavra cão é boa de ser dita. Em várias situações e entonações.

Cão. Cão! Cãããão!

Mil vezes melhor que Bob, Mike, ou Aznavour, o primeiro nome sugerido por minha mãe. Ela sempre foi louca, alucinada pelo Charles Aznavour, um cantor francês que realmente canta bem pra caramba. Música de velho, mas música boa, sabe? Cadela... bem, é o feminino de cão. Achei que seria lindo ter um casal Cão e Cadela, praticamente a Dama e o Vagabundo, só que mais criativo, bem menos romântico e nada Disney.

O Cão era um cocker dourado, lindo, deliciosamente desengonçado, que uivava em vez de latir, tinha o pelo mais brilhoso e macio do mundo e era louco por mim. A Cadela era mais na dela, reservada, meio emburrada, não era muito de carinhos e lambidas. Ficava no seu canto, quietinha, não era de festa. Mas sempre gostou de mim.

— Você vai limpar os cocôs e os xixis, hein, Joana? Promessa é dívida! — alertou-me mamãe, no dia em que compramos os dois, ainda filhotes.

Naquela semana, ela começou a dizer as frases que repetiria pelo menos duzentas vezes por mês, todos os meses seguintes:

— Os cachorros são seus! Você quis comprá-los! Agora entenda-se com eles! Leve-os ao veterinário senão eu jogo os dois pela janela!

— Ih, mãe! Que ataque desnecessário! Eu vou cuidar!

— Vai cuidar, vai cuidar! Você diz isso mas nunca cuida, sempre eu ou seu irmão é que temos de cuidar desses cachorros.

— Não fala assim deles...

— Você não diz que eles são seus filhos? Quem pariu Mateus que o embale!

— Quem é Mateus? A gente tá falando dos cachorros! — dizia, ignorante.

Mamãe às vezes ficava atacada. Tudo bem, sei que eu era um tantinho folgada. Não cumpri à risca minha promessa de cuidar dos cachorros. Assumo, assumo, a frase mais adequada para descrever minha atitude com eles não precisaria do "à risca". Para ser a pessoa mais sincera do mundo, ela deveria ser simplesmente "nunca cumpri a minha promessa". Cuidei deles, sim, mas apenas na primeira semana. Nos primeiros dias da primeira semana. No primeiro dia da primeira semana.

Já no segundo dia comecei a fazer corpo mole, a dizer que não me importava com tapete mijado e coisas nojentas do tipo, só para não limpar as... "coisas". Minha mãe deu um ataque depois de recolher algumas vezes o que os filhotes expeliam e resolveu adestrar os cãezinhos. Como má filha e péssima cumpridora de promessas, eu os levava para passear, talvez, uma vez a cada três meses, quando os pedidos em casa aumentavam de volume.

— Joana! Uma vez na vida será que você não pode levar esses irracionais para passear? Isso é um dever seu, não nosso! — reclamava papai, que, coitado, nunca gostou muito de bichos, mas fingia conviver bem com os nossos, quer dizer, os... hã... meus.

— E a ideia de comprar cachorro foi sua! Queria um cachorrinho para fazer companhia... Companhia quem faz aos cachorros é a Luzia! Você nem sabe que eles existem! — bradava mamãe.

A verdade é que a Luzia, que trabalhava para os meus pais havia mais de 15 anos, era realmente a verdadeira mãe daqueles cachorros.

E uma mãe para mim, minha babá desde meu primeiro dia de vida. Grande conselheira.

— Quando você casar, não discuta com o seu marido, não contrarie as vontades dele, não desconfie dele e entenda que infidelidade não tem nada a ver com amor. Uma coisa é uma coisa, outra coisa é outra coisa. Assim você vai ser mais feliz, vai por mim! — ensinava ela.

Nem sempre eu concordava com seus conselhos, é verdade. Às vezes eu esquecia que ela já passara dos 60 e, como típica adolescente, discutia com fervor a revolução da mulher, os direitos da mulher, os prazeres da mulher, as vitórias da mulher, o respeito à mulher.

Voltando à Cadela e sua acupuntura... O episódio terminou bem. Cão ficou do lado, assistindo a uma hora e meia do tratamento canino. Além das agulhadas, o acupunturista em questão era veterinário e psicólogo (psicólogo!) e conversou seriamente com a Cadela, sem sombra de tatibitate, explicando os mil motivos por que ela não deveria desafogar suas necessidades no meio da sala, no tapete caríssimo da minha mãe.

Quando adolescente, eu não me achava tão bela. Hoje sou muito mais bonita (e mais bem resolvida, um espanto o bem que o tempo faz para a nossa cabeça e o nosso corpo) do que naquele tempo em que vivia para o surfe.

Aliás, meu sonho era ser surfista profissional. Nem cogitava ir para a escola sem antes pegar umas ondas. O mar me revigorava, me deixava feliz, de bem com a vida, cheia de energia para começar o dia.

Em nenhum lugar do mundo eu me sentia mais segura e à vontade do que naquela imensidão de água salgada. Sem contar que ver o dia amanhecendo sentada na minha prancha, lá no meio do mar, silêncio total, visual de cartão-postal, era algo inexplicável, incomparável, *babável*.

Se eu entrasse no mar chateada ou irritada, com algum problema, em dois segundos eu melhorava e esquecia tudo de ruim. Era ótimo, assim eu não perdia muito tempo pensando bobagens. Garotas pensam muita bobagem, né?

Por exemplo, quando eu passei esse tempinho triste e cabisbaixa por não ter um cobertor de orelha para chamar de meu, cheguei a questionar se eu era capaz de amar, se tinha uma pedra no lugar do coração. Penei acreditando que não conseguia me apaixonar ou despertar a paixão alheia. Quer coisa mais dramática?

Do alto dos meus 15 anos, minha cabeça passou um tempo ocupada pela ideia fixa de ter uma família, uma casa estruturada como a minha. Claro que naquela época eu não sabia que meus pais discutiam noite sim, noite também. Para mim eles eram o casal perfeito.

Hoje, acho que os dois estão bem sozinhos. Papai passou até a mostrar os dentes quando sorri. Antes de eles se divorciarem, eu jamais tinha visto os dentes do meu pai, era sempre um meio-sorriso, e olhe lá.

Bom, como nunca arrumava ninguém seriamente interessado em mim, tinha certeza de que envelheceria encalhada, amargurada e infeliz. Olha que coisa patética! A adolescência é chaaata...

Atualmente sei que, se acontecer de eu ficar uma velhota sem marido, serei uma velhota moderna, de cabelo roxo, piercing, tatuagem, um milhão de amigos, noites e noites de teatro, biriba, bingo e boate. E vou ficar com um monte de velhinhos esportistas, desses todos sarados, que jogam vôlei na praia.

Mas, com 15 anos, em alguns momentos eu ficava realmente de mal com a minha solteirice e armava uma

tromba gigante. Às vezes enchia o saco essa história de sair feito louca, toda noite, mal-intencionada, decidida a ver gente, decidida de que toda noite era a noite ideal para conhecer um menino todo-todo, que minhas amigas simplesmente adorariam. Isso cansa!
A aprovação das cinco era importantíssima. Elas eram tudo para mim, minhas irmãs. Todas sabiam tudo uma da outra. Nós éramos o sexteto mais gente boa de toda a Barra da Tijuca.
Tem um monte de meninas que somem das amigas quando começam a namorar. Aconteceu isso um pouco com a Nanda. No começo do namoro dela com o Vina, os dois eram um grude só, mas a gente deu um toque e ela parou com o sumiço e passou a incluí-lo nos nossos programas. Eu, claro, acreditava piamente que jamais faria isso até que o Luca apareceu na minha história.
A gente se conheceu num luau, entre tochas, frutas e musiquinhas de violão, Jack Johnson direto. Pausa para falar de Jack Johnson, um gringo que toca violão desde 14 anos, é surfista e passou a maior parte da vida num dos paraísos da Terra, o Havaí, onde já peguei ondas inesquecíveis e tomei caldos memoráveis. Antes de se lançar como músico fazia filmes de surfe, ou seja, é competente em tudo o que faz e a prova viva de que, ao contrário do que muitos idiotas acreditam, surfistas pensam, criam e trabalham! E não podem ser discriminados só porque têm o privilégio de saber viver sobre as ondas.
Sempre achei essa linha de raciocínio que liga surfe à burrice uma das mais estúpidas. Com isso, estudava para caramba e me esforçava para tirar as melhores

notas no colégio. Era surfista, sim, inteligente, sim, e CDF, sim! Assumida, e com muito orgulho.

Mas eu estava contando do Luca, ai, ai... o Luca... Quando enfim nos beijamos, depois daquela conversinha básica e sem graça que começa com a defectível pergunta "Você vem sempre aqui?", não senti nem de raspão uma onda de calor ou vários vaga-lumes voando e piscando em ritmo alucinante na minha barriga. Beijo chocho, frio na barriga chocho... Tudo chocho.

E logo naquele dia, em que estava chateada, pensando que o mundo me achava uma pobre menina rica, a bonita que não arruma ninguém, linda que não é amada por ninguém. Daquele mato não sairia coelho. Ele não era o cara que ocuparia o posto de meu namorado.

Eu sempre morri de medo de virar assunto de conversa, de que os meninos que ficavam comigo inventassem histórias a meu respeito... uma bobagem sem fim, eu sei, mas com 15 anos e a maturidade do tamanho de uma tampinha de refrigerante, dramatizava, chorava, descabelava-me. O fato é: odiava a ideia de ficar falada.

Nem preciso dizer o quanto eu temia o dia em que perderia minha virgindade. Preocupada desse jeito com a opinião alheia (quanta tolice se pensa e se faz aos 15! Imagine se a opinião dos outros pode ter tamanha importância na vida de alguém!), exigente ao extremo, eu jamais conseguiria relaxar numa noite de sexo. Pensaria menos no durante e mais no dia seguinte — e nos dias seguintes ao seguinte.

O Luca, à primeira vista, não parecia ter o perfil do cara especial que eu e 99,9% das meninas tanto esperamos para nossa primeira vez. Era até bonitinho, um amado. Muito bem-intencionado, nada tarado, comportado, empolado. Mas também era engraçado, desengonçado. E danado, foi me conquistando aos poucos, sem pressa... em pouco tempo eu estava olhando de forma diferente para aquele menino que eu mal conhecia, aquele menino do beijo chocho... mas estranhamente, a cada minuto que passava, gostava mais de estar perto dele. De beijá-lo. Àquela altura, o beijo dele de chocho não tinha nada.

Esquisiiito...

Será que estava me apaixonando? Não podia ser! E todos aqueles sintomas? Mãos suando, coração bateria-de-escola-de-samba, a tal da luz sobre o ombro que o Paulo Coelho escreveu...

Paixão ou não, movida pela brisa do mar ou pela música, eu estava adorando ficar com ele. O Luca, além de surfar, tocava violão, ou seja, ocupava dois pré-requisitos básicos para me namorar. Sem contar que sabia me fazer rir como ninguém e eu adoro rir, sou boba alegre de carteirinha. Entre um beijo e outro, perguntava-me em silêncio se com aquele eu conseguiria, enfim, ficar mais de duas semanas.

Luca era vascaíno doente (pleonasmo, já que todo vascaíno é doente) e não trocava nada por um domingo de futebol. No começo, quis me levar junto para os estádios, mas com muita conversa e jeitinho feminino o convenci de que o melhor era eu ficar em casa enquanto ele torcia no calor de 40 graus à sombra da arquibancada.

Ele tinha 17 anos, dois anos mais velho que eu. E era um tantinho ciumento, nada que me chateasse, pelo contrário. Quando fizemos um mês de namoro quase soltei fogos, nem acreditei que alguém tinha conseguido me aturar por trinta dias. Passaram-se 31, 32, 33, mais 33, e continuávamos juntos e... apaixonados.

Sim, eu estava apaixonada pelo Luca. Quando dei por mim estava boba, de perna bamba, pensando nele do momento em que acordava até a hora de dormir. Nas aulas mal conseguia prestar atenção, ficava comendo o lápis com o olhar perdido, desenhando pequenos corações no meu caderno e torcendo para que as horas passassem logo para eu me encontrar com ele.

Minha mãe, meu irmão e Luzia começaram a se meter na questão.

— Mão na perna? — perguntava minha mãe.

— Claro, né? — eu respondia, sem graça porém adorando aquele interesse todo pelo meu primeiro relacionamento sério. — Mas não vai contar para o papai, hein, mãe?

— Não diga bobagem, Joana! Seu pai mata o menino se souber que ele passou a mão na sua perna.

— Mas foi na perna ou na coxa? Ai, meu Deus, se for na coxa não pode! Não pode! Na coxa é saliência, é sem-vergonhice! Você é uma criança! — repreendia Luzia.

— Que saliência, o quê, Luzia? Deixa ela namorar — mamãe, às vezes mais liberal do que eu gostaria, me defendia.

— Não estou achando a menor graça nessa história. Se esse cara pegar de novo na sua perna vai se ver comigo! — resmungava meu irmão, com cara de bravo.

Meu pai nunca me viu como mulher. Até hoje ele me vê como uma garotinha. Imagina quando eu tinha 15 anos! Ele olhava para mim e via um bebê! Mamãe conta que os amigos viviam fazendo troça:

— E então, Elias, como estão os preparativos para o grande dia?

— Que dia?

— O dia em que um motoqueiro cabeludo, barbado, tatuado e sujinho vai aparecer na sua porta e dizer "fala, velho! Cadê a nossa gatinha? Tamos indo acampar em Búzios, aêê... só eu e ela, um vinhozinho, uma barraca apertadinha e o céu de testemunha".

— Não digam asneiras! Não me provoquem inutilmente! Esse dia não vai chegar nunca! Nunca! Não digam isso nem brincando!

Papai jamais admitiu, mas ele gostaria que eu tivesse permanecido virgem por bem mais tempo. Houve um período em que eu acreditava piamente que ele gostaria mesmo que eu fosse freira. Implicava com o pobre do Luca até dizer chega. Com o perfume, o cabelo, as roupas, tudo!

— Esse menino não serve para você. Além de torcer para o Vasco, é surfista. Ou seja, só te incentiva a ficar longe de casa, longe de mim.

— A praia é pertinho, logo aqui em frente... — eu rebatia. — E eu estou em casa todo dia, toda hora, o mar anda péssimo.

Minha mãe dizia que meu pai não acreditava que uma menina de 15 anos tivesse maturidade bastante para agir e sentir como mulher. Na hora do jantar, ela puxava assunto, tentava levantar a bola do Luca... mas que nada! Meu pai era irredutível. Olhava no fundo do meu olho e repetia quantas vezes ele achasse necessário:

— Vamos por partes, Joana, querida: O. Papai. Não. Quer. Que. Sua. Primeira. Vez. Seja. Com. Esse. Vagabundo. Estamos entendidos?

Eu me fazia de desentendida, tentava contemporizar...
— Começamos agora, nem estou pensando nisso, pai...
— Mas ele está. — Meu pai me cortava, seco.
— Não está...
—Joana, Joana... não seja cabecinha oca, minha filha... todos, eu digo TODOS os meninos de 17 anos do mundo passam o dia inteiro pensando em sexo. Por que justamente o SEU namorado seria diferente?
Era difícil argumentar com o papai. Mas ele estava certo, meninos de 17 anos só pensam naquilo. Meninas de 15 também, eu apenas não levei essa constatação ao conhecimento paterno, fiquei com medo de que ele tivesse uma síncope, uma indigestão.
O tempo passava e eu ficava cada vez mais à vontade com o Luca. Quando a temperatura começou a subir de verdade, sem meu pai saber, obviamente, pedi que minha mãe me levasse ao ginecologista. Tinha lido numa revista que o melhor a fazer era ir ao médico antes da primeira vez, para ver se estava tudo nos conformes.
Marquei o ginecologista e... adorei! Fui preparada para me sentir desconfortável, para ficar de bochecha vermelha trezentas vezes, para gaguejar, para me inibir, para pensar que preferia uma médica... que nada! Fiquei tremendamente à vontade com o doutor Damião, que cuida de mim até hoje. Mamãe, fofésima, entendeu que era um momento só meu e não quis entrar no consultório comigo.
Sozinha, sabatinei o coitado com umas 16.498 perguntas sobre sexo. Foram quase duas horas de elucida-

ções que me fizeram muito bem. Não digo que perdi a *noia* com o sexo, mas consegui explicar para ele minhas dúvidas e me acalmar com as respostas.

Eu queria que sexo fosse igual ao mar. No mar eu sabia exatamente o que fazer, sempre, até quando levava caldo. Doutor Damião foi fofo, pacientemente me ensinou que não existe essa coisa de certo e errado em sexo. Sexo é instintivo, ele me garantiu. "Na hora você saberá o que fazer, como agir. E vai ser tão bom como se você estivesse pegando a melhor onda da sua vida."

"Não!", pensava. "Será que vai ser tão bom como o mar? Será que é bom NESSE NÍVEL!? Caraca!"

Alguns dias se passaram, perdi intermináveis horas pensando se estava ou não no momento de me entregar a alguém, e decidi: eu amava o Luca, o Luca me amava, eu estava absolutamente preparada e examinada, tudo nos trinques. Por que não?

Na hora H, crente de que faria uma performance fogosa e arrebatadora entre quatro paredes, simplesmente esqueci tudo o que tinha ouvido do médico. Fiquei nervosa, tensa, com um medo enorme da dor, do dia seguinte, de errar, de engravidar, ah!, aqueles medos básicos. O dia seguinte nem me preocupou. Uma coisa era certa: o Luca não era o tipo de cara que sairia falando pra todo mundo o que fez e o que não fez comigo.

O meu namorado foi um fofito, um ótimo menino, tratou-me como uma princesa, até me pegou no colo, mas a verdade é que ele não tinha muita experiência no assunto. Não conseguiu lidar com a minha tensão, ficou tenso também, quis me agradar, eu quis agradá-lo, mas estava difícil. Nada dava certo, até cãibra eu tive. Cãibra! Parecia que protagonizávamos uma espécie de pegadinha erótica — que de erótica não tinha nada. Estávamos duros, travados, rígidos, frígidos, nada lembrava sexo no dia da minha primeira noite de sexo.

Rolou e, claro, foi uma droga.

Doeu, sangrou, incomodou, eu não relaxei, chorei... E vi que a culpa foi toda minha e da minha cabeça, que só conseguia pensar em coisas ruins, imagens pavorosas. Mesmo eu estando do lado do cara mais legal que havia conhecido até então.

Prometemos para nós mesmos que aquilo não ficaria assim. Nós dois éramos legais, bons de coração, bons filhos, bons netos, bons namorados... merecíamos uma segunda chance. E vou contar um segredo: a segunda vez foi a minha primeira vez. É. A vida é minha, a história é minha, a primeira vez foi uma porcaria, então, para mim, a primeira vez boa é a que vale. E que segundona boa! Relaxamos antes, brincamos durante, rimos depois e, quando vimos, tinha rolado. E depois rolou a terceirona, a quartona, a quintona... E a cumplicidade aumentou, o prazer aconteceu... Tudo tão perfeito e mágico...

Estamos juntos desde então, lá se vão 11 anos de paixão, companheirismo, amizade e cumplicidade. Ele é a minha cara-metade. Mesmo. E pensar que eu nunca achei que ele seria a minha alma gêmea. Essas coisas não têm receita, mesmo.

Resolvemos nos casar quando eu tinha 22 anos. Nossa casa é ajeitadinha, tem a nossa cara. Pequena, confortável, aconchegante e cheia de prateleiras feitas de pranchas. Eu deixei de pegar onda, mas o Luca... o Luca hoje é campeão brasileiro de surfe. Mas há um ano as viagens pelo mundo para competir diminuíram. E por um motivo nobre: a Bela, o amor da nossa vida, uma loirinha de olhos castanhos que gosta tanto de mar que acho difícil essa menina não virar surfista.

Eu virei fotógrafa e durante muitos anos acompanhei meu maridão pelos campeonatos, carregando pranchas e acessórios e tietando (e fotografando, claro) meu surfista preferido. Agora, fotografo também a minha futura surfista preferida. A nova dona do meu coração.